卞尺丹几乙し丹卞と

Translated Language Learning

Les Aventures d'Alice au Pays des Merveilles

Alices Äventyr i Underlandet

Lewis Carroll

Français / Svenska

Dans le Terrier du Lapin
ner i kaninhålet

Alice commençait à être très fatiguée
Alice började bli väldigt trött
Elle était assise à côté de sa sœur sur le talus d'herbe
Hon satt bredvid sin syster på gräsvallen
Mais elle n'avait rien à faire
Men hon hade inget att göra
Sa sœur lisait un livre
Hennes syster läste en bok
une ou deux fois, Alice jeta un coup d'œil dans le livre
en eller två gånger kikade Alice in i boken
Mais le livre ne contenait ni images ni conversations
Men boken innehöll inga bilder eller konversationer
« À quoi sert un livre sans images ? » pensa Alice
"Vad är det för mening med en bok utan bilder?", tänkte Alice
« Pourquoi un livre n'aurait-il pas de conversations ? »
"Varför skulle en bok inte ha några samtal?"
Mais elle avait d'autres choses à considérer
Men hon hade annat att tänka på
« Faire une chaîne de marguerites serait un plaisir »

"Att göra en kedja av prästkragar skulle vara ett nöje"
« Mais cela vaut-il la peine de se lever et de cueillir les marguerites ?? »
"Men är det värt besväret att gå upp och plocka prästkragarna??"
Ce n'était pas si facile d'y penser
Det var inte så lätt att tänka på
parce que la journée la rendait somnolente et stupide
För dagen fick henne att känna sig sömnig och dum
Mais soudain, ses pensées s'interrompirent
Men plötsligt avbröts hennes tankar
un lapin blanc aux yeux roses courait près d'elle
en vit kanin med rosa ögon sprang tätt intill henne

Il n'y avait rien de trop remarquable chez le lapin
Det var inget överdrivet märkvärdigt med kaninen
et Alice ne trouvait pas non plus le lapin remarquable
och Alice tyckte inte heller att kaninen var märkvärdig
elle ne s'étonna pas non plus quand le Lapin parla
Inte heller förvånade det henne när Kaninen talade
« Oh mon Dieu ! Je serai trop tard ! se dit-il
"Kära nån! Jag kommer för sent!» sade han till sig själv
mais alors le Lapin a fait quelque chose que les lapins n'ont pas fait
men sedan gjorde Kaninen något som kaniner inte gjorde

le Lapin tira une montre de la poche de son gilet
Kaninen tog upp en klocka ur västfickan
Il regarda l'heure puis se hâta
Han tittade på klockan och skyndade sedan vidare
Alice se leva, stupéfaite
Alice reste sig förvånat
Elle n'avait jamais vu un lapin avec un gilet auparavant !
Hon hade aldrig sett en kanin med väst förut!
elle n'avait jamais vu non plus de lapin avec une montre !
Inte heller hade hon någonsin sett en kanin med en klocka!
Alice brûlait d'une nouvelle curiosité
Alice brann av en ny nyfikenhet
et elle courut à travers le champ après le Lapin
och hon sprang över fältet efter kaninen
Elle était juste à temps pour voir le lapin disparaître
Hon hann precis i tid för att se kaninen försvinna
Le lapin sauta dans un grand terrier de lapin
Kaninen hoppade ner i ett stort kaninhål
Un instant plus tard, Alice s'est mise à courir après le lapin !
I ett annat ögonblick sprang Alice efter kaninen!
Le terrier du lapin continuait tout droit comme un tunnel
Kaninhålet gick rakt fram som en tunnel
Et le tunnel a continué à avancer sur une certaine distance
Och tunneln fortsatte en bit
Et puis le chemin s'est soudainement incliné
Och så dök stigen plötsligt ner
Alice n'eut pas un instant pour songer à s'arrêter
Alice hade inte en sekund att tänka på att hejda sig
Elle s'est retrouvée à tomber et à tomber
Hon kom på sig själv med att falla ner och ner och ner
Il semblait qu'elle était tombée dans un puits très profond
Det såg ut som om hon hade fallit ner i en mycket djup brunn
Ou le puits était très profond, ou bien elle tombait très lentement
Antingen var brunnen mycket djup, eller så föll hon mycket långsamt
parce qu'elle avait tout le temps de tomber

för hon hade gott om tid att falla
alors qu'elle tombait, elle pouvait regarder tout autour d'elle
När hon föll kunde hon se sig omkring
D'abord, elle a essayé de comprendre où elle allait
Först försökte hon ta reda på vart hon var på väg
mais le puits était trop sombre pour voir quoi que ce soit
Men brunnen var för mörk för att man skulle kunna se något
Puis elle regarda les côtés du puits
Sedan tittade hon på brunnens sidor
Et elle remarqua qu'il y avait des placards tout autour d'elle
Och hon lade märke till att det fanns skåp runt omkring henne
et tout autour du puits il y avait des étagères de livres
Och runt omkring brunnen fanns bokhyllor
Çà et là, elle voyait des cartes et des tableaux accrochés à des piquets
Här och där såg hon kartor och bilder upphängda på nypor
En passant, elle prit un bocal sur l'une des étagères
Hon tog ner en burk från en av hyllorna när hon gick förbi
Le pot a été étiqueté pour son contenu
Burken var märkt för sitt innehåll
« MARMELADE D'ORANGES »
"MARMELAD GJORD PÅ APELSINER"
Mais, à sa grande déception, le pot de marmelade était vide
Men till hennes stora besvikelse var marmeladburken tom
Elle ne voulait pas laisser tomber le pot de marmelade vide
Hon ville inte tappa den tomma marmeladburken
et sa chute fut très lente
och hennes fall gick mycket långsamt
Elle a donc réussi à mettre le pot de marmelade dans l'un des placards
Så hon lyckades ställa in marmeladburken i ett av skåpen
Tombée, descendue, tombée !
Ner, ner, ner faller hon!
La chute prendrait-elle fin ?
Skulle hösten någonsin ta slut?
Il n'y avait rien d'autre à faire
Det fanns inget annat att göra

alors Alice commença bientôt à se parler à elle-même
så Alice började snart prata med sig själv
« Je vais beaucoup manquer à Dinah ce soir, je pense ! »
"Dina kommer att sakna mig väldigt mycket i kväll, kan jag tro!"
Dinah était le chat d'Alice
Dinah var Alices katt
« J'espère qu'ils se souviendront de sa soucoupe de lait à l'heure du thé »
"Jag hoppas att de kommer ihåg hennes fat med mjölk när det är dags för te"
« Dinah, ma chère, je voudrais que tu sois ici avec moi ! »
"Dinah, min kära, jag önskar att du var här nere med mig!"
Alice sentit qu'elle s'assoupissait
Alice kände att hon slumrade till
Et puis soudain, bruit sourd ! bourrade!
Och så plötsligt, duns! dunka!
Elle tomba sur un tas de bâtons
Hon föll ner på en hög med pinnar
et elle atterrit sur un tas de feuilles sèches
och hon landade på en hög med torra löv
et enfin la longue chute dans le trou était terminée
Och till slut var det långa fallet ner i hålet över
Alice n'était pas du tout blessée
Alice var inte ett dugg skadad
Et elle se leva d'un bond au bout d'un instant
Och hon hoppade upp inom ett ögonblick
Elle leva les yeux, mais il faisait noir au-dessus de sa tête
Hon tittade upp, men det var alldeles mörkt ovanför henne
Devant elle se trouvait un autre long couloir
Framför henne fanns en annan lång korridor
et le Lapin Blanc était toujours en vue
och den vita kaninen var fortfarande i sikte
Il se hâtait dans le couloir
Han skyndade sig genom korridoren
Il n'y avait pas un instant à perdre
Det fanns inte ett ögonblick att förlora

Alice s'enfuit comme le vent
Alice sprang iväg som vinden
Au coin de la rue, le lapin s'est retourné
runt hörnet vände kaninen
Elle était juste à temps pour entendre le lapin
Hon hann precis i tid för att höra kaninen
« "Oh, mes oreilles et mes moustaches »
"Åh, mina öron och polisonger"
« Comme il est tard ! »
"Vad sent det blir!"
Elle était tout près derrière le lapin
Hon var tätt bakom kaninen
Elle tourna au détour d'un autre coin
Hon svängde runt ett hörn
mais le Lapin n'était plus visible
men Kaninen syntes inte längre till
Elle se retrouva dans une longue salle basse
Hon befann sig i en lång, låg hall
La salle était éclairée par une rangée de plafonniers
Salen lystes upp av en rad taklampor
Il y avait des portes tout autour de la salle
Det fanns dörrar runt om i korridoren
mais toutes les portes étaient fermées à clé
men alla dörrar var låsta
Elle marcha tout le long d'un côté de la salle
Hon gick hela vägen ner på ena sidan av korridoren
et elle avait fait tout le chemin de l'autre côté de la salle
Och hon hade gått hela vägen upp på andra sidan korridoren
Elle avait essayé toutes les portes
Hon hade provat varje dörr
et elle marchait tristement au milieu de la salle
Och hon gick sorgset mitt i korridoren
« Comment vais-je jamais en sortir ? »
"hur ska jag någonsin kunna ta mig ut igen?"

Tout à coup, elle tomba sur une petite table
Plötsligt kom hon fram till ett litet bord
La table était entièrement en verre massif
Bordet var helt och hållet tillverkat av massivt glas
Il n'y avait rien sur la table à part une petite clé dorée
Det fanns inget annat på bordet än en liten gyllene nyckel
La clé pourrait appartenir à l'une des portes !
Nyckeln kan tillhöra en av dörrarna!
Mais, hélas ! Certaines serrures étaient trop grandes pour les clés
Men, tyvärr! En del av låsen var för stora för nycklarna
et pour les autres serrures, la clé était trop petite
Och till de andra låsen var nyckeln för liten
mais, en tout cas, la clef n'ouvrit aucune des portes
Men nyckeln öppnade i alla fall ingen av dörrarna
Mais que devait-elle faire ?
Men vad skulle hon göra?
Elle traversa de nouveau le couloir
Hon gick genom hallen igen
et cette fois, elle remarqua un rideau bas
Och den här gången lade hon märke till en låg gardin
Derrière le rideau se trouvait une petite porte
Bakom gardinen fanns en liten dörr
La porte avait une quinzaine de pouces de haut

Dörren var omkring femton tum hög
Elle essaya la petite clé dorée dans la serrure
Hon provade den lilla guldnyckeln i låset
Et à sa grande joie, la clé s'est glissée dans la serrure !
Och till hennes stora glädje passade nyckeln i låset!
Alice ouvrit la porte
Alice öppnade dörren
et elle trouva la porte qui donnait sur un petit couloir
Och hon fann att dörren ledde in i en liten korridor
Le couloir n'était pas beaucoup plus grand qu'un trou à rats
Korridoren var inte mycket större än ett råtthål
Elle s'agenouilla et regarda le long du couloir
Hon gick ner på knä och såg sig omkring i korridoren
et elle a vu le plus beau jardin que vous ayez jamais vu
Och hon såg den vackraste trädgård du någonsin sett
comme elle avait envie de sortir de cette salle sombre
Vad hon längtade efter att få komma ut ur den mörka salen
comme elle voulait se promener parmi ces fleurs lumineuses
hur hon ville vandra bland de ljusa blommorna
Comme ces fontaines avaient l'air cool et rafraîchissantes
hur svala, uppfriskande de där fontänerna såg ut
Mais elle ne pouvait même pas passer la tête par la porte
Men hon kunde inte ens få in huvudet genom dörröppningen
— Oh ! dit Alice d'un ton lugubre
»Åh», sade Alice sorgset
comme je voudrais pouvoir me plier comme un télescope !
"vad jag önskar att jag kunde fälla ihop som ett teleskop!"
« Je pense que je pourrais me plier comme un télescope »
"Jag tror att jag skulle kunna vika ihop mig som ett teleskop"
« Si seulement je savais par où commencer »
"om jag bara visste hur jag skulle börja"
Alice retourna à la table
Alice gick tillbaka till bordet
Il y avait la chance de trouver une autre clé
Det fanns en chans att hitta en annan nyckel
Ou il pourrait y avoir un livre de règles
eller så kan det finnas en bok med regler

Le livre pourrait lui apprendre à se plier comme un télescope
Boken kunde tala om för henne hur hon skulle fälla ihop sig
som ett teleskop
Cette fois, elle trouva une petite bouteille
Den här gången hittade hon en liten flaska
**« cette bouteille n'était certainement pas là auparavant, » dit
Alice**
"Den här flaskan har verkligen inte funnits här förut", sa Alice
**et autour du goulot de la bouteille était attachée une
étiquette en papier**
Och runt flaskans hals hängde en pappersetikett
**L'étiquette était magnifiquement imprimée en grandes
lettres**
Etiketten var vackert tryckt med stora bokstäver
« BOIS-MOI »
"DRICK MIG"
« Non, je vais regarder d'abord », a-t-elle dit
"Nej, jag ska titta först", sa hon
**« Je vais voir si la bouteille est marquée comme toxique ou
non, »**
"Jag ska se om flaskan är märkt som giftig eller inte"
Parce qu'elle n'a jamais oublié la leçon sur le poison
För hon glömde aldrig läxan om gift
**« Si une bouteille est étiquetée comme toxique, elle est
forcément en désaccord avec vous »**
"Om en flaska är märkt som giftig kommer den garanterat inte
att hålla med dig"
**Cependant, cette bouteille n'a pas été marquée comme
toxique**
Denna flaska var dock inte märkt som giftig
alors Alice se hasarda à goûter le contenu de la bouteille
så Alice vågade sig på att smaka på innehållet i flaskan
Elle trouva le liquide tout à fait à son goût
Hon tyckte att vätskan var helt i hennes smak
La boisson avait une sorte de saveur mélangée
Drycken hade en slags blandad smak
tarte aux cerises, crème pâtissière et ananas

Körsbärstårta, vaniljsås och ananas
Rôtir la dinde, le caramel et le pain grillé au beurre chaud
Stek kalkon, kola och rosta med varmt smör
et elle finit bientôt la bouteille
Och hon drack snart upp flaskan
« Quelle curieuse sensation ! » dit Alice
"Vilken märklig känsla!" sa Alice
« Je me plie comme un télescope ! »
"Jag viker ihop mig som ett teleskop!"
Et elle se repliait comme un télescope !
Och hon vek ihop sig som ett teleskop faktiskt!
Elle n'avait plus que dix pouces de haut
Hon var nu bara tio centimeter hög
et son visage s'éclaira à ses pensées
och hennes ansikte lyste upp vid hennes tankar
Maintenant, elle était de la bonne taille pour la petite porte
Nu hade hon rätt storlek för den lilla dörren
Maintenant, elle pouvait aller dans ce joli jardin
Nu kunde hon gå ut i den vackra trädgården
Bientôt, elle a cessé de devenir plus petite
Snart slutade hon att bli mindre
Elle décida d'aller tout de suite dans le jardin
Hon bestämde sig för att genast gå ut i trädgården
mais, hélas pour la pauvre Alice !
men, ack för stackars Alice!
Elle arriva à la porte
Hon kom fram till dörren
Mais elle avait oublié la petite clé d'or
Men hon hade glömt den lilla gyllene nyckeln
Elle retourna à la table pour prendre la clé
Hon gick tillbaka till bordet för att hämta nyckeln
Mais elle s'aperçut qu'elle ne pouvait pas atteindre assez haut
Men hon upptäckte att hon inte kunde nå tillräckligt högt
Elle pouvait voir la clé très distinctement à travers la vitre
Hon kunde se nyckeln helt klart genom glaset
Elle essaya de grimper sur les pieds de la table

Hon försökte klättra upp på bordsbenen
Mais le verre était beaucoup trop glissant
Men glaset var alldeles för halt
Finalement, elle s'est fatiguée à essayer
Till slut tröttade hon ut sig själv med att försöka
et la pauvre petite fille s'assit et pleura
Och den stackars lilla flickan satte sig ner och grät
Alice se parlait à elle-même assez vivement
Alice talade ganska skarpt till sig själv
« Allons, ça ne sert à rien de pleurer comme ça ! »
"Kom, det är ingen idé att gråta så där!"
« Je vous conseille d'arrêter tout de suite ! »
"Jag råder dig att sluta nu!"
Elle se donnait généralement de très bons conseils
Hon gav i allmänhet sig själv mycket goda råd
bien qu'elle suivît très rarement ses propres conseils
även om hon mycket sällan följde sina egna råd
Et elle était parfois trop dure envers elle-même
Och ibland var hon för hård mot sig själv
et ses paroles lui firent monter les larmes aux yeux
Och hennes ord fick henne att få tårar i ögonen
Bientôt, son regard tomba sur une petite boîte en verre
Snart föll hennes blick på en liten glaslåda
La petite boîte de verre était posée sous la table
Den lilla glaslådan låg under bordet
Dans la boîte en verre se trouvait un tout petit gâteau
I glaslådan låg en mycket liten tårta
Sur le gâteau, quelques mots étaient magnifiquement écrits
På tårtan var några ord vackert skrivna
les mots avaient été marqués dans des groseilles
Orden hade markerats med vinbär
« MANGE-MOI »
"ÄT MIG"
« Eh bien, je vais manger le gâteau », dit Alice
"Nåja, jag äter kakan", sa Alice
« et si le gâteau me fait grossir, je peux atteindre la clé »
"och om kakan får mig att bli större, kan jag nå nyckeln"

« et si le gâteau me fait rapetisser, je peux me glisser sous la porte »

"och om kakan får mig att bli mindre kan jag krypa in under dörren"

« Donc, de toute façon, j'irai dans le jardin »

"så hur som helst kommer jag in i trädgården"

« Et peu m'importe lequel des deux arrive ! »

"och jag bryr mig inte om vilket av de två som händer!"

Elle a mangé un peu du gâteau

Hon åt en liten bit av kakan

et elle se parla anxieusement à elle-même :

Och hon talade ängsligt till sig själv:

« Dans quel sens ? Dans quel sens ?

"Åt vilket håll? Åt vilket håll?"

et elle posa la main sur sa tête

Och hon höll handen på huvudet

Elle voulait sentir de quelle façon elle grandissait

Hon ville känna åt vilket håll hon växte

Elle fut très surprise de découvrir ce qui s'était passé

Hon blev ganska förvånad när hon fick reda på vad som hade hänt

Elle était restée de la même taille !

Hon hade förblivit lika stor!

Cette fois, elle redoubla donc d'efforts

Så den här gången fördubblade hon sina ansträngningar

Et bientôt, elle termina tout le gâteau

Och snart hade hon ätit upp hela tårtan

La mare de larmes

Tårarnas pöl

« Cela devient de plus en plus intéressant ! » s'écria Alice

"Det här blir mer och mer intressant!" utbrast Alice

Vous pouvez voir qu'elle était très surprise

Du kan se att hon blev mycket förvånad

« Je m'ouvre comme le plus grand télescope qui ait jamais existé ! »

"Jag öppnar upp som det största teleskop som någonsin funnits!"

« Au revoir, les pieds ! Oh, mes pauvres petits pieds"

»Farväl, fötter! O, mina stackars små fötter"

« Je me demande qui va vous mettre vos chaussures maintenant, mes chères ? »

"Jag undrar vem som ska ta på sig skorna åt dig nu, mina kära?"

et je me demande qui mettra vos bas ?

"Och jag undrar vem som ska sätta på dig strumporna?"

« Je serai beaucoup trop loin »

"Jag kommer att vara alldeles för långt borta"

« Je ne pourrai plus me soucier de toi »

"Jag kommer inte att kunna bekymra mig om dig längre"

Juste à ce moment, sa tête heurta quelque chose

Just i detta ögonblick slog hennes huvud mot något

Elle avait atteint le toit de la salle

Hon hade nått upp till taket på salen

En fait, elle mesurait maintenant plus de deux mètres

I själva verket var hon nu mer än två meter lång

et elle prit aussitôt la petite clef d'or

Och hon tog genast upp den lilla gyllene nyckeln

et elle se précipita vers la porte du jardin

Och hon skyndade bort till trädgårdsdörren

Pauvre Alice ! Il n'y avait pas grand-chose qu'elle pouvait faire

Stackars Alice! Det var inte mycket hon kunde göra

Elle s'allongea sur le côté

Hon lade sig på ena sidan

et elle regarda d'un œil dans le jardin
Och hon såg ut i trädgården med ena ögat
Mais s'en sortir était plus désespéré que jamais
Men att ta sig igenom var mer hopplöst än någonsin
Elle s'est assise et a recommencé à pleurer
Hon satte sig ner och började gråta igen
Elle a continué à verser des litres de larmes
Hon fortsatte att fälla litervis med tårar
Bientôt, il y eut une grande flaque tout autour d'elle
Snart fanns det en stor pöl runt omkring henne
et l'eau atteignait la moitié du couloir
och vattnet nådde halvvägs genom korridoren
Au bout d'un moment, elle entendit un petit claquement de pieds
Efter en stund hörde hon ett litet trampande av fötter
Elle entendit les pas venir de loin
Hon hörde fötterna komma på avstånd
et elle s'essuya vivement les yeux pour voir ce qui allait arriver
Och hon torkade hastigt sina ögon för att se vad som skulle komma
C'était le retour du Lapin Blanc
Det var den vita kaninen som återvände
Il était magnifiquement vêtu
Han var praktfullt klädd
Il avait une paire de gants blancs dans une main
Han hade ett par vita handskar i ena handen
et il avait un grand éventail de plumes dans l'autre main
och han hade en stor fjädersolfjäder i den andra handen
Il arriva en trottinant en toute hâte
Han kom travande med stor brådska
et il murmura en lui-même : « Oh ! la duchesse, la duchesse ! »
och han mumlade för sig själv: "Åh! hertiginnan, hertiginnan!"
« Ah ! ne serait-elle pas sauvage si je l'ai fait attendre !
"Åh! skulle hon inte vara vild, om jag har låtit henne vänta!»

Quand le Lapin s'approcha d'elle, Alice prit la parole
När kaninen kom nära henne talade Alice
Mais elle parlait d'une voix basse et timide
Men hon talade med låg, skygg röst
« Monsieur, s'il vous plaît, arrêtez ce que vous faites un instant »
"Sir, snälla sluta med det du håller på med för ett ögonblick"
Le Lapin sursauta violemment
Kaninen ryckte till våldsamt
Il laissa tomber les gants blancs et l'éventail de plumes
Han tappade de vita handskarna och fjäderfläkten
et il s'enfuit dans les ténèbres aussi vite qu'il le put
Och han skyndade bort in i mörkret så fort han kunde
Alice ramassa l'éventail en plumes et les gants
Alice plockade upp fjäderfläkten och handskarna
Et elle n'arrêtait pas de s'éventer tout en parlant
Och hon fläktade sig medan hon fortsatte att prata
« Cher, cher ! Comme tout est étrange aujourd'hui !

"Kära, kära! Så konstigt allt är idag!"
« Hier, les choses se sont passées comme d'habitude »
"Igår rullade det på precis som vanligt"
« Étais-je le même quand je me suis levé ce matin ? »
"Var jag likadan när jag steg upp i morse?"
« Mais si je ne suis pas le même, il y a une autre question »
"Men om jag inte är densamma är det en annan fråga"
« Qui suis-je ? »
"Vem i hela världen är jag?"
« Ah, c'est le grand casse-tête ! »
"Ah, det är det stora pusslet!"
En disant cela, elle baissa les yeux sur ses mains
När hon sade detta, såg hon ned på sina händer
Elle portait l'un des petits gants blancs du lapin
Hon hade på sig en av kaninens små vita handskar
Elle n'avait pas remarqué qu'elle avait mis le gant en parlant
Hon hade inte märkt att hon tog på sig handsken medan hon pratade
« **Comment ai-je pu faire cela ?** » a-t-elle pensé
"Hur kan jag ha gjort det?" tänkte hon
« **Je dois redevenir petit** »
"Jag måste bli liten igen"
Elle se leva et s'approcha de la table pour mesurer sa taille
Hon reste sig och gick fram till bordet för att mäta sin längd
Elle a découvert qu'elle mesurait maintenant environ un demi-mètre
Hon fann att hon nu var ungefär en halv meter lång
et elle rétrécissait encore rapidement
Och hon krympte fortfarande snabbt
Elle découvrit rapidement quelle était la cause de ce rétrécissement
Hon fick snart reda på vad orsaken till krympningen var
L'éventail de plumes la rendait encore plus petite !
Fjäderfläkten gjorde henne mindre igen!
et elle laissa tomber l'éventail de plumes à la hâte
Och hon tappade fjädersolfjädern hastigt
Elle laissa tomber l'éventail de plumes juste à temps pour se

sauver

Hon tappade fjäderfläkten precis i tid för att rädda sig själv

Si elle s'était éventée plus longtemps, elle se serait complètement retirée

Hade hon fläktat sig längre hade hon helt och hållet dragit sig undan

« C'était une échappatoire de justesse ! » dit Alice

"Det var med nöd och näppe som kom undan!" sa Alice

et elle fut bien effrayée de ce changement soudain

Och hon blev en hel del skrämd av den plötsliga förändringen

mais elle était très heureuse de se trouver encore en existence

Men hon var mycket glad över att finna sig själv fortfarande i livet

« Et maintenant, en route pour le jardin ! »

"Och nu bär det av till trädgården!"

Et elle courut à toute vitesse vers la petite porte

Och hon sprang med full fart tillbaka till den lilla dörren

Mais, hélas ! La petite porte fut refermée

Men, tyvärr! Den lilla dörren stängdes igen

et la petite clé d'or était de nouveau posée sur la table de verre

Och den lilla guldnyckeln låg åter på glasbordet

« Les choses sont pires que jamais », pensa le pauvre enfant

"Det är värre än någonsin", tänkte det stackars barnet

« Je n'ai jamais été aussi petit que ça auparavant, jamais ! »

"Jag har aldrig varit så här liten förut, aldrig!"

En prononçant ces mots, son pied glissa

När hon sade dessa ord, halkade hennes fot

et un instant plus tard, il y eut une grande éclaboussure !

Och i ett annat ögonblick hördes ett stort plask!

Elle était dans l'eau salée jusqu'au menton

Hon var upp till hakan i saltvatten

Sa première idée fut qu'elle était tombée d'une manière ou d'une autre dans la mer

Hennes första tanke var att hon på något sätt hade fallit i havet

Cependant, elle s'est vite rendu compte dans quoi elle se trouvait
Men hon insåg snart vad hon gav sig in på
Elle était dans une mare de larmes
Hon låg i en pöl av tårar
les larmes qu'elle avait versées quand elle avait deux mètres de haut
Tårarna hon hade gråtit när hon var två meter lång

Juste à ce moment-là, elle entendit quelque chose
Just då hörde hon något
Quelque chose barbotait dans la mare
Något plaskade omkring i poolen
Les éclaboussures venaient d'un peu de loin
Plaskandet kom en bit bort
et elle nagea plus près pour voir ce que c'était que les éclaboussures
Och hon simmade närmare för att se vad det var för plaskande

Elle vit bientôt que ce n'était qu'une petite souris
Hon såg snart att det bara var en liten mus
La petite souris s'était également glissée dans l'eau
Den lilla musen hade också halkat i vattnet
Alice réfléchit à la situation
Alice tänkte för sig själv över situationen
« Serait-il utile de parler à cette souris ? »
"Skulle det tjäna något till att tala med den här musen?"
« Tout est tellement à l'envers ici »
"Allt är så upp och ner här nere"
« Je pense que c'est très probable que cette souris peut parler »
"Jag skulle tro att det är mycket troligt att den här musen kan prata"
« En tout cas, il n'y a pas de mal à essayer »
"Det skadar i alla fall inte att försöka"
Alors elle a commencé à essayer de parler à la souris
Så hon började försöka prata med musen
« Oh Souris, sais-tu comment sortir de cette mare ? »
"Åh mus, vet du vägen ut ur den här poolen?"
« Je suis bien fatigué de nager ici, ô souris ! »
"Jag är väldigt trött på att simma omkring här, Åh mus!"
La souris la regarda d'un air assez inquisiteur
Musen tittade frågande på henne
La souris semblait cligner de l'œil avec l'un de ses petits yeux
Musen tycktes blinka med ett av sina små ögon
Mais la petite souris ne dit rien
Men den lilla musen sa ingenting
« Peut-être la souris ne comprend-elle pas l'anglais », pensa Alice
"Musen kanske inte förstår engelska", tänkte Alice
« J'ose dis-le que c'est une souris française »
"Jag vågar påstå att det är en fransk mus"
« peut-être que cette souris est venue avec Guillaume le Conquérant »
"kanske kom den här musen över med Vilhelm Erövraren"

Alors elle a recommencé, en français
Så började hon igen, på franska
« Où est mon chat ? » a-t-elle demandé en français
"Var är min katt?" frågade hon på franska
c'était la première phrase de son livre de leçons de français
det var den första meningen i hennes franska lektionsbok
La souris fit un saut soudain hors de l'eau
Musen gjorde ett plötsligt språng upp ur vattnet
et la souris semblait frémir de frayeur
och musen tycktes darra i hela kroppen av skräck
— Oh ! je vous demande pardon ! s'écria vivement Alice
»Åh, jag ber om ursäkt!» utbrast Alice hastigt
Elle craignait d'avoir blessé les sentiments du pauvre animal
Hon var rädd att hon hade sårat det stackars djurets känslor
« J'oubliais que tu n'aimais pas les chats »
"Jag glömde helt bort att du inte gillade katter"
« Je n'aime pas les chats ! » cria la Souris d'une voix aiguë et passionnée
"Jag tycker inte om katter!" skrek musen med gäll, lidelsefull röst
« Voudrais-tu des chats, si tu étais moi ? »
"Skulle du vilja ha katter, om du var jag?"
Alice réconforta la souris d'un ton apaisant
Alice tröstade musen i en lugnande ton
« Eh bien, peut-être que je n'aimerais pas non plus les chats si j'étais vous »
"Nja, jag kanske inte skulle tycka om katter om jag var du heller"
« S'il vous plaît, ne soyez pas en colère à propos de la mention des chats »
"Snälla, bli inte arg när katter nämns"
« Et pourtant, j'aimerais pouvoir te montrer notre chat Dinah »
"Och ändå önskar jag att jag kunde visa dig vår katt Dinah"
« Si vous la rencontriez, je pense que vous prendriez goût aux chats »
"om du träffade henne tror jag att du skulle fatta tycke för

katter"
« Si seulement vous pouviez la voir »
"Om du bara kunde se henne"
« Elle est une chose si chère et si calme »
"Hon är en så kär och tystlåten sak"
La souris tremblait de partout
Musen skakade i hela kroppen
Alice était certaine que la souris devait être vraiment offensée
Alice kände sig säker på att musen verkligen måste ha tagit illa upp
« On ne parlera plus d'elle, si tu préfères ne pas le faire »
"Vi kommer inte att prata om henne mer, om du inte vill det"
« Nous, en effet ! » s'écria la Souris
»Ja, vi!» ropade musen
La souris tremblait jusqu'au bout de sa queue
Musen darrade ända ner till svansspetsen
« Comme si je voulais parler d'un tel sujet ! »
"Som om jag skulle vilja tala om ett sådant ämne!"
« Notre famille a toujours détesté les chats »
"Vår familj har alltid hatat katter"
"Les chats ; des choses méchantes, basses, vulgaires !
"katter; otäcka, låga, vulgära saker!"
« Ne me laissez plus entendre le nom ! »
"Låt mig inte höra namnet igen!"
— Je ne parlerai plus des chats, en effet, dit Alice
"Jag tänker inte nämna katter igen!" sa Alice
Elle était très pressée de changer de sujet
Hon hade väldigt bråttom att byta ämne
"Êtes-vous... Aimez-vous les chiens ?
"Är du... Är du förtjust i hundar?"
« Il y a un petit chien si gentil près de notre maison, »
"Det finns en så snäll liten hund i närheten av vårt hus"
« Je voudrais te montrer le petit chien ! »
"Jag skulle vilja visa dig den lilla hunden!"
"Ce petit chien tue tous les rats et...
"Den här lilla hunden dödar alla råttor och...

« Oh ! mon Dieu ! » s'écria Alice d'un ton triste
»Åh, kära du!» utbrast Alice i sorgsen ton
« J'ai peur de t'avoir encore offensé ! »
"Jag är rädd att jag har förolämpat dig igen!"
La souris nageait loin d'elle aussi vite qu'elle le pouvait
Musen simmade bort från henne så fort den kunde
et la souris fit tout un vacarme dans la mare
och musen gjorde en hel del uppståndelse i poolen
Alors elle appela doucement la souris
Så hon ropade mjukt efter musen
« Ma chère souris, s'il vous plaît, revenez ! »
"Min kära mus, snälla kom tillbaka!"
« Et nous ne parlerons pas des chats »
"Och vi ska inte prata om katter"
« Et nous n'avons pas non plus besoin de parler des chiens »
"Och vi behöver inte prata om hundar heller"
Quand la souris entendit cela, elle se retourna
När musen hörde detta vände den sig om
et la petite souris nagea lentement vers elle
och den lilla musen simmade sakta tillbaka till henne
Le visage de la souris était assez pâle
Musens ansikte var ganska blekt
et la souris parla d'une voix basse et tremblante
Och musen talade med låg, darrande röst
« Allons à la rive »
"Låt oss komma till stranden"
« et ensuite je vous raconterai mon histoire »
"och sedan ska jag berätta min historia för dig"
**« et vous comprendrez pourquoi c'est moi qui déteste les
chats et les chiens »**
"och du kommer att förstå varför jag hatar katter och hundar"
Il était grand temps de partir
Det hade blivit hög tid att ge sig av
parce que la piscine devenait assez bondée
eftersom poolen började bli ganska trångt
D'autres oiseaux et animaux étaient tombés dans la mare
Andra fåglar och djur hade fallit i dammen

il y avait un Canard et un Dodo

det fanns en anka och en dront

et il y avait un oiseau Lory et un aiglon

och där var en Lory bird och en Eaglet

et il y avait plusieurs autres créatures intéressantes

Och det fanns flera andra intressanta varelser

Alice a ouvert la voie à la sortie de la piscine

Alice visade vägen ut ur poolen

et toute la troupe des animaux nagea jusqu'au rivage

Och hela sällskapet av djur simmade till stranden

Une course de caucus et une longue traîne
En caucus race och en lång svans
C'était en effet une bande d'animaux à l'allure amusante
De var verkligen ett lustigt gäng djur
et ils se rassemblèrent tous sur le bord de l'eau
Och de församlade sig alla på stranden,
Les oiseaux avaient tous des plumes débraillées
Fåglarna hade alla slitna fjädrar
et les animaux à fourrure étaient trempés
och de lurviga djuren var genomblöta
et tous étaient trempés, agacés et mal à l'aise
och alla var drypande våta, irriterade och obekväma

Il y avait une question à laquelle il fallait répondre en premier
Det fanns en fråga som måste besvaras först
Quelle est la meilleure façon pour tout le monde de se sécher ?
Vilket är det bästa sättet för alla att bli torra?
Ils ont tenu une consultation à ce sujet
De hade ett samråd om denna fråga

Bientôt, ils furent tous en bons termes
Snart var de alla på förtrolig fot
C'était comme si elle les avait connus toute sa vie
Det var som om hon hade känt dem i hela sitt liv
La souris semblait être une personne d'une certaine autorité
Musen verkade vara en person med någon auktoritet
« Asseyez-vous, vous tous, et écoutez-moi !
"Sätt er ner, allesammans, och lyssna på mig!
« Je vais bientôt vous faire sécher à nouveau ! »
"Jag ska snart torka er igen!"
Ils s'assirent tous en même temps, dans un grand cercle
De satte sig alla ner på en gång, i en stor ring
et la petite souris s'assit au milieu
och den lilla musen satt i mitten
« Hum ! » dit la souris d'un air important
"Hm!" sa musen med en viktig min
« Êtes-vous tous prêts ? »
"Är ni redo?"
« C'est la chose la plus sèche que je connaisse »
"Det här är det torraste jag vet"
« Silence tout autour, s'il vous plaît ! »
"Tystnad runt omkring, om ni vill!"
« Guillaume le Conquérant était favorisé par le pape »
"Vilhelm Erövraren gynnades av påven"
« mais il fut bientôt soumis par les Anglais »
"men engelsmännen underkastade sig honom snart"
« Ils voulaient des leaders ces derniers temps »
"De ville ha ledare på sistone"
« et ils avaient été habitués au pouvoir et à la conquête »
"Och de hade vant sig vid makt och erövring"
« Edwin et Morcar, les comtes de Mercie et de Northumbrie »
"Edwin och Morcar, earlerna av Mercia och Northumbria"
« Pouah ! » dit l'oiseau lori, avec un frisson
»Usch!» sade lorifågeln med en rysning
« et même Stigand, l'archevêque patriote de Cantorbéry »
"och till och med Stigand, den patriotiske ärkebiskopen av

Canterbury"
« Il l'a également trouvé opportun »
"Han tyckte också att det var tillrådligt"
« Qu'a-t-il trouvé à propos ? » dit le canard
»Vad tyckte han var rådligt?» sade ankan
— Il l'a trouvé opportun, répondit la souris d'un ton un peu contrarié
"Han tyckte att det var rådligt", svarade musen lite tvärt.
Mais le canard n'était pas satisfait
Men ankan var inte nöjd
« Bien sûr, vous savez ce que 'it' signifie »
"Självklart vet du vad 'det' betyder"
« Je sais ce que c'est quand je trouve quelque chose », dit le canard
"Jag vet vad det är när jag hittar något", sa ankan
« C'est généralement une grenouille ou un ver »
"Det är i allmänhet en groda eller en mask"
« La question est de savoir ce que l'archevêque a trouvé ? »
"Frågan är vad ärkebiskopen hittade?"
La souris n'a pas remarqué cette question
Musen märkte inte denna fråga
Au lieu de cela, la souris continua précipitamment son discours
I stället fortsatte musen hastigt med talet
« il a jugé opportun d'aller avec Edgar Atheling »
"han fann det rådligt att följa med Edgar Atheling"
« pour rencontrer Guillaume et lui offrir la couronne »
"för att möta Vilhelm och erbjuda honom kronan"
la souris continua, se tournant vers Alice pendant qu'elle parlait
fortsatte musen och vände sig mot Alice medan den talade
« Comment allez-vous maintenant, ma chère ? »
"Hur står det till nu, min kära?"
– Aussi mouillée que jamais, dit Alice d'un ton mélancolique
"Lika våt som alltid", sa Alice i melankolisk ton
« Cette histoire n'a pas l'air de me tarir du tout »

"Den här historien verkar inte torka mig alls"
— **Dans ce cas, dit solennellement le dodo en se levant**
»I så fall», sade dronten högtidligt och reste sig
« Je vote pour l'ajournement de la séance »
"Jag röstar för att sammanträdet ajourneras"
**« et je propose l'adoption immédiate de remèdes plus
énergiques »**
"och jag föreslår ett omedelbart antagande av mer energetiska
botemedel"
« Dis des paroles vraies ! » dit l'aiglon
»Tala med riktiga ord!» sade örnen
« Je ne connais pas le sens de la moitié de ces longs mots »
"Jag vet inte vad hälften av de där långa orden betyder"
et, qui plus est, je ne crois pas que vous le sachiez non plus !
"Och vad mera är, jag tror inte att du vet det heller!"
— **Ce que j'allais dire, dit le dodo d'un ton offensé**
»Vad jag tänkte säga», sade dronten i förnärmad ton
**« La meilleure chose à faire pour nous sécher serait une
course au caucus »**
"Det bästa sättet att få oss torra skulle vara ett caucus-race"
« Qu'est-ce qu'une course de caucus ? » demanda Alice
»Vad är ett caucus-race?» sade Alice

« Eh bien, » dit le dodo, « la meilleure façon de l'expliquer, c'est de le faire »
"Nåväl", sa dronten, "det bästa sättet att förklara det är att göra det"
« D'abord, le dodo a tracé un parcours »
"Först stakade dronten ut en kapplöpningsbana"
« La piste était dans une sorte de cercle »
"Banan gick i en slags cirkel"
« Et puis tout le groupe a été placé le long du parcours »
"Och sedan placerades hela sällskapet längs banan"
Il n'y avait pas de « Un, deux, trois et c'est parti ! »
Det fanns inget "Ett, två, tre och iväg!"
Mais ils ont commencé à courir quand ils voulaient
Men de började springa när de ville
et ils finissaient aussi quand ils le voulaient
Och de gick också i mål när de ville
Il n'était donc pas facile de savoir quand la course était terminée
Så det var inte lätt att veta när loppet var över
Après environ une demi-heure de course, ils étaient tous assez secs
Efter en halvtimmes löpning var de alla ganska torra
le dodo s'écria soudain : « La course est finie ! »
dronten ropade plötsligt: "Loppet är över!"
Et ils se pressèrent tous autour du Dodo
Och de trängdes alla runt dronten
Tous les animaux haletaient et soufflaient
Alla djuren flämtade och pustade
et tous voulaient savoir : « Mais qui a gagné ? »
Och de ville alla veta: "Men vem har vunnit?"
Le dodo ne pouvait pas répondre immédiatement à cette question
Denna fråga kunde dronten inte omedelbart besvara
D'abord, il a dû beaucoup réfléchir
Till att börja med var han tvungen att tänka en hel del
Après mûre réflexion, le dodo finit par parler
Efter mycket funderande tog dronten till slut till orda

« Tout le monde a gagné, et tous doivent avoir des prix »
"Alla har vunnit, och alla måste ha priser"
« Mais qui doit donner les prix ? » demanda un chœur de voix
"Men vem är det som ska dela ut priserna?" frågade en kör av röster
— Eh bien, elle, bien sûr, dit le dodo
»Ja, ja, hon förstås», sade dronten
et le dodo pointa d'un doigt vers Alice
och dronten pekade med ett finger på Alice
et toute la troupe des animaux se pressait autour d'elle
och hela skaran av djur skockade sig omkring henne
ils ont crié, d'une manière confuse : « Des prix ! Des prix !
De ropade på ett förvirrat sätt: "Priser! Priser!"
Alice n'avait aucune idée de ce qu'elle devait faire
Alice hade ingen aning om vad hon skulle göra
Désespérée, elle mit la main dans sa poche
I förtvivlan stack hon handen i fickan
Et elle en sortit une boîte de bonbons
och hon tog fram en ask med godis
Heureusement, l'eau salée n'était pas entrée dans la boîte
Som tur var hade inte saltvattnet kommit in i lådan
et elle a distribué les bonbons comme prix
Och hon räckte fram godiset som priser
Il y avait exactement une pièce pour tout le monde
Det fanns exakt ett stycke för alla
La prochaine chose qu'ils devaient faire était de manger les bonbons
Nästa sak de var tvungna att göra var att äta godiset
Cela a causé du bruit et de la confusion
Detta orsakade en del oväsen och förvirring
Les grands oiseaux se plaignaient de ne pas pouvoir goûter leurs bonbons
De stora fåglarna klagade över att de inte kunde smaka på deras sötsaker
Les petits s'étouffaient et devaient être tapotés dans le dos
De små kvävdes och fick klappas på ryggen

Cependant, c'était enfin fini
Men till slut var det över
Et ils se rassirent en cercle
Och de satte sig åter ned i en ring
et ils supplièrent la souris de leur dire quelque chose de plus
och de bad musen att berätta något mer för dem
— Vous m'avez promis de me raconter votre histoire, vous savez, dit Alice
"Du lovade att berätta din historia för mig, förstår du", sa Alice
et elle fit une autre petite remarque sur les chats à voix basse
Och hon fällde en viskande liten kommentar om katter
Elle ne voulait pas offenser à nouveau la souris
Hon ville inte förolämpa musen igen
la petite souris se tourna vers Alice et soupira
den lilla musen vände sig mot Alice och suckade
« Ma conte est long et triste ! »
"Min är en lång och sorglig historia!"
— C'est une longue queue, certainement, dit Alice
»Det är verkligen en lång svans», sade Alice
et elle baissa les yeux avec étonnement sur la queue de la souris
Och hon tittade förundrat ner på musens svans
« Mais pourquoi appelez-vous cela une queue triste ? »
"Men varför kallar du det en sorglig svans?"
Et elle n'arrêtait pas de s'interroger à ce sujet pendant que la souris parlait
Och hon fortsatte att grubbla över det medan musen talade
de sorte que son idée de l'histoire était quelque chose comme ceci
så att hennes föreställning om sagan var ungefär så här

"Fury said to
a mouse, That
he met in the
house, 'Let
us both go
to law: *I*
will prosecute
you.——
Come, I'll
take no denial:
We must have
the trial;
For really
this morning
I've
nothing
to do.'
Said the
mouse to
the cur,
'Such a
trial, dear
sir, With
no jury
or judge,
would
be wasting
our
breath.'
'I'll be
judge,
I'll be
jury,'
said
cunning
old
Fury;
'I'll
try
the
whole
cause,
and
condemn
you to
death.'"

Fury dit à une souris : Qu'il s'est rencontré dans la maison.

Raseri sade till en mus: "Att han träffades i huset"

Allons tous les deux en justice, je vous poursuivrai

Låt oss båda gå till domstol: Jag kommer att åtala dig

Allons, je n'accepterai aucun démenti : il faut que nous fassions l'épreuve

Kom, jag skall icke taga någon förnekelse: Vi måste ha rättegången

Car vraiment ce matin je n'ai rien à faire
För den här morgonen har jag verkligen ingenting att göra
Dit la souris au maudit ;
Sa musen till curen;
Un tel procès, cher monsieur, sans jury ni juge, nous ferait perdre notre souffle
En sådan rättegång, min bäste herre, utan jury eller domare skulle vara att slösa bort vår andedräkt
« Je serai juge, je serai jury », dit le vieux rusé Fury
»Jag skall vara domare, jag skall vara jury», sade den listige gamle Fury
Je vais juger toute la cause, et je vous condamnerai à mort
Jag ska pröva hela saken och döma dig till döden
la souris parla sévèrement à Alice
musen talade strängt till Alice
« Tu ne fais pas attention ! »
"Du är inte uppmärksam!"
« À quoi pensez-vous ? »
"Vad tänker du på?"
— Je vous demande pardon, dit Alice très humblement
"Jag ber om ursäkt", sade Alice mycket ödmjukt
« Tu étais arrivé au cinquième virage, je crois ? »
»Du hade kommit till femte kurvan, tror jag?»
« Vous m'insultez en disant de telles bêtises ! »
"Du förolämpar mig genom att prata sådant nonsens!"
Et la souris se leva et s'éloigna
och musen reste sig och gick iväg
Alice appela la petite souris
Alice ropade efter den lilla musen
« S'il vous plaît, revenez et terminez votre histoire ! »
"Snälla, kom tillbaka och avsluta din berättelse!"
Et les autres se joignirent tous en chœur
Och alla de andra stämde in i kör
« Oui, s'il vous plaît, terminez votre histoire ! »
"Ja, snälla, avsluta din berättelse!"
Mais la souris se contenta de secouer la tête avec impatience
Men musen skakade bara otåligt på huvudet

et la petite souris marchait un peu plus vite
och den lilla musen gick lite fortare
« Je voudrais bien avoir Dinah, notre chat, ici ! » dit Alice
"Jag önskar att jag hade Dinah, vår katt, här!" sa Alice
Cela provoqua une sensation remarquable parmi le parti
Detta väckte en märklig sensation i partiet
Quelques-uns des oiseaux se hâtèrent de s'éloigner
Några av fåglarna skyndade genast iväg
et un canari appela d'une voix tremblante ses enfants ;
och en kanariefågel ropade med darrande röst till sina barn;
« Allez-vous-en, mes chères ! »
"Kom bort, mina kära!"
« Il est grand temps que vous soyez tous au lit ! »
"Det är hög tid att ni alla lägger er i sängen!"
Avec diverses excuses, ils sont tous partis
Med olika ursäkter gick de alla sin väg
et Alice se retrouva bientôt seule
och Alice blev snart lämnad ensam
« J'aurais aimé ne pas avoir mentionné Dinah ! »
"Jag önskar att jag inte hade nämnt Dina!"
« Personne n'a l'air de l'aimer ici »
"Ingen verkar tycka om henne här nere"
« Mais je suis sûr que c'est la meilleure chatte du monde ! »
"men jag är säker på att hon är den bästa katten i världen!"
La pauvre Alice se remit à pleurer
Stackars Alice började gråta igen
parce qu'elle se sentait très seule et déprimée
för att hon kände sig väldigt ensam och nedstämd
Au bout de peu de temps, cependant, elle entendit de nouveau quelque chose
Men om en liten stund hörde hon åter något
un petit bruit de pas au loin
lite smattrande av fotsteg i fjärran
et elle leva les yeux avec impatience
Och hon såg ivrigt upp

Le lapin envoie le petit M. Bill
Kaninen skickar in lille herr Bill

C'était le lapin blanc, qui revenait lentement au trot
Det var den vita kaninen som långsamt travade tillbaka igen
Il regardait anxieusement autour de lui en chemin
Han såg sig ängsligt omkring där han gick
Il avait l'air d'avoir perdu quelque chose
Han såg ut som om han hade förlorat något
Alice l'entendit marmonner pour lui-même
Alice hörde honom muttra för sig själv
— La duchesse ! La Duchesse ! Oh, mes chères pattes !
"Hertiginnan! Hertiginnan! Åh, mina kära tassar!"
« Oh, ma fourrure et mes moustaches ! »
"Åh, min päls och mina polisonger!"
« Elle va me faire exécuter, j'en suis sûr »
"Hon kommer att avrätta mig, det är jag säker på"
« Aussi sûr que les furets sont des furets ! »
"Lika säkert som att illrar är illrar!"
« Où ai-je pu laisser tomber mes affaires, je me demande ? »

"Var kan jag ha lämnat mina saker, undrar jag?"
Alice devina en un instant ce qu'il cherchait
Alice gissade genast vad han letade efter
Il cherchait l'éventail de plumes
Han letade efter fjäderfläkten
et il cherchait la paire de gants blancs
Och han letade efter ett par vita handskar
Elle se mit donc très gentiment à chercher les gants
Så hon började mycket godmodigt leta efter handskarna
Et elle chercha aussi l'éventail de plumes
Och hon letade efter fjäderfläkten också
Mais les gants et l'éventail de plumes étaient introuvables
Men handskarna och fjäderfläkten syntes inte till någonstans
Tout semblait avoir changé depuis sa baignade dans la piscine
Allt verkade ha förändrats sedan hon simmade i poolen
Rien n'était pareil depuis qu'elle était dans la grande salle
Ingenting var sig likt, sedan hon hade varit i den stora salen
et la table de verre avait disparu
och glasbordet var försvunnet
Et la petite porte n'était pas là non plus
Och den lilla dörren fanns inte där heller
Très vite, le lapin remarqua Alice
Mycket snart lade kaninen märke till Alice
Il l'appela d'un ton furieux
ropade han till henne i arg ton
« Mary Ann, que fais-tu ici ? »
"Mary Ann, vad gör du här ute?"
« Rentre chez toi à l'instant même »
"Spring hem nu"
« Et apporte-moi une paire de gants et un éventail de plumes ! »
"Och hämta ett par handskar och en fjäderfläkt!"
« Et faites vite ! »
"Och skynda dig!"
Alice se parlait à elle-même en s'enfuyant
Alice talade för sig själv när hon sprang iväg

— Il a dû me prendre pour sa femme de chambre !

»Han måtte ha misstagit mig för sin husjungfru!»

« Comme il sera surpris quand il découvrira qui je suis ! »

"Vad förvånad han kommer att bli när han får reda på vem jag är!"

En disant cela, elle tomba sur une petite maison soignée

När hon sade detta, kom hon till ett prydligt litet hus

Sur la porte de la maison se trouvait une plaque de laiton brillant

På dörren till huset satt en blank mässingsplatta

« W. LAPIN »

"W. KANIN"

Elle entra sans frapper à la porte

Hon gick in utan att knacka på dörren

et elle se hâta de monter l'escalier

Och hon skyndade sig rakt uppför trappan

elle craignait de rencontrer la vraie Mary Ann

hon oroade sig för att hon skulle träffa den riktiga Mary Ann

parce qu'alors elle serait chassée de la maison

För då skulle hon bli utvisad ur huset

et elle ne pourrait pas trouver l'éventail de plumes et les gants

Och hon skulle inte kunna hitta fjäderfläkten och handskarna

Alice s'était frayé un chemin dans une petite pièce bien rangée

Alice hade letat sig in i ett prydligt litet rum

Dans la pièce, il y avait une table près de la fenêtre

I rummet stod ett bord vid fönstret

et sur la table, il y avait un éventail de plumes

och på bordet stod en fjäderfjäder

et il y avait deux ou trois paires de petits gants blancs

Och där fanns två eller tre par små vita handskar

Elle ramassa l'éventail en plumes et une paire de gants

Hon plockade upp fjäderfläkten och ett par av handskarna

et elle allait quitter la pièce

Och hon var just på väg att lämna rummet

mais alors ses yeux tombèrent sur une petite bouteille

Men så föll hennes blick på en liten flaska
Elle déboucha la bouteille et la porta à ses lèvres
Hon korkade upp flaskan och förde den till sina läppar
« J'espère que cela me fera redevenir grand »
"Jag hoppas verkligen att det ska få mig att bli stor igen"
« J'en ai marre d'être une toute petite chose ! »
"Jag är trött på att vara en så liten, liten sak!"
Alice avait à peine bu la moitié de la bouteille
Alice hade knappt druckit upp halva flaskan
Sa tête était déjà appuyée contre le plafond
Hennes huvud var redan pressat mot taket
et elle dut se baisser
och hon var tvungen att böja sig ner
pour sauver son cou d'être brisé
för att rädda hennes nacke från att brytas
Elle posa précipitamment la bouteille
Hon ställde hastigt ifrån sig flaskan
« C'est bien assez »
"Det räcker gott och väl"
« J'espère que je ne grandirai plus »
"Jag hoppas att jag inte växer längre"
Hélas! Il était trop tard pour souhaiter cela !
Tyvärr! Det var för sent att önska det!
Elle n'a cessé de grandir
Hon fortsatte att växa och växa
et très vite elle dut s'agenouiller sur le sol
Och mycket snart var hon tvungen att falla på knä på golvet
Et même alors, elle a continué à grandir
Och även då fortsatte hon att växa
Comme dernière ressource, elle passa un bras par la fenêtre
Som en sista utväg stack hon ut ena armen genom fönstret
et elle mit un pied dans la cheminée
Och hon satte ena foten upp i skorstenen
« Maintenant, je ne peux plus faire, quoi qu'il arrive »
"Nu kan jag inte göra mer, vad som än händer"
« Que vais-je devenir ? »
"Vad ska det bli av mig?"

Alice a eu un peu de chance
Alice hade en gnutta tur
La petite bouteille magique avait fait son plein effet
Den lilla magiska flaskan hade fått sin fulla effekt
et Alice ne grandit pas plus qu'elle n'était
och Alice blev inte större än hon var
Au bout de quelques minutes, elle entendit une voix à l'extérieur
Efter några minuter hörde hon en röst utanför
et elle s'arrêta pour écouter la voix
Och hon stannade för att lyssna till rösten
« Mary Ann ! Mary Ann ! dit la voix
"Mary Ann! Mary Ann!» sade rösten
« Apporte-moi mes gants tout de suite ! »
"Hämta mina handskar nu åt mig!"
Puis vint un petit claquement de pieds dans l'escalier
Sedan kom ett litet trampande av fötter i trappan
Alice savait que c'était le lapin qui venait la chercher
Alice visste att det var kaninen som kom för att leta efter henne
et elle trembla jusqu'à faire trembler la maison

Och hon bävade, så att huset skakade
elle oublia tout à fait quelles étaient ses proportions
Hon glömde alldeles bort vad hon hade för proportioner
Elle était mille fois plus grosse que le lapin
Hon var tusen gånger så stor som kaninen
et elle n'avait aucune raison d'avoir peur d'un lapin
Och hon hade ingen anledning att vara rädd för en kanin
Bientôt le lapin s'approcha de la porte
Efter en stund kom kaninen fram till dörren
et le petit lapin essaya d'ouvrir la porte
Och den lilla kaninen försökte öppna dörren
La porte a commencé à s'ouvrir vers l'intérieur
Dörren började öppnas inåt
mais le coude d'Alice était fortement appuyé contre la porte
men Alices armbåge trycktes hårt mot dörren
Cette tentative s'est avérée un échec
Det försöket visade sig vara ett misslyckande
Alice entendit le lapin se parler à lui-même
Alice hörde kaninen tala till sig själv
« Ensuite, je vais faire le tour et entrer par la fenêtre »
"Då går jag runt och tar mig in genom fönstret"
« Que tu ne le feras pas ! » pensa Alice
"Det kommer du inte att göra!" tänkte Alice
Et elle attendit encore un peu
Och hon väntade lite igen
Bientôt, elle entendit le lapin juste sous la fenêtre
Snart hörde hon kaninen precis nedanför fönstret
Elle étendit soudain la main
Plötsligt sträckte hon ut handen
et elle fit une prise en l'air
och hon ryckte till i luften
Elle n'a rien attrapé
Hon fick inte tag i någonting
mais elle entendit un petit cri et une chute
Men hon hörde ett litet skrik och ett fall
et elle entendit un fracas de verre brisé
och hon hörde ett brak av krossat glas

Peut-être le lapin était-il tombé
Kanske hade kaninen ramlat
Peut-être était-il dans une serre
Kanske var han i ett växthus
Puis vint une voix en colère ; La voix du lapin
Därnäst hördes en ilsken röst; Kaninens röst
« Pat, où es-tu ? »
»Pat, var är du?»
Et puis vint une voix qu'elle n'avait jamais entendue auparavant
Och så kom en röst som hon aldrig hade hört förut
« Votre honneur, je suis là ! »
"Ers ära, jag är här!"
« Je creuse pour trouver des pommes »
"Jag gräver efter äpplen"
« Ici ! Venez m'aider à m'en sortir ! »
"Här! Kom och hjälp mig ur det här!"
« Maintenant, dis-moi, Pat, qu'est-ce qu'il y a dans la fenêtre ? »
»Säg mig nu, Pat, vad är det där i fönstret?»
« Bien sûr, Votre Honneur, je vais vous le dire »
"Visst, ers ära, det ska jag säga er"
« C'est un bras qui est dans la fenêtre ! »
"Det är en arm som sitter i fönstret!"
« Eh bien, un bras n'a rien à faire là-bas »
"Nåja, en arm har inget där att göra"
« Va et enlève le bras ! »
"Gå och ta bort armen!"
Il y eut un long silence après cela
Det blev en lång tystnad efter detta
et Alice n'entendait que des chuchotements de temps en temps
och Alice kunde bara höra viskningar då och då
et enfin elle étendit de nouveau la main
Och till sist räckte hon åter ut handen
et elle fit une autre arrachée dans les airs
och hon gjorde ännu ett ryck i luften

Cette fois, il y eut deux petits cris

Den här gången hördes två små skrik

et il y avait d'autres bruits de verre brisé

och det hördes fler ljud av krossat glas

« Je me demande ce qu'ils vont faire ensuite ! » pensa Alice

"Jag undrar vad de ska göra härnäst!" tänkte Alice

« J'aimerais qu'ils me tirent par la fenêtre »

"Jag önskar att de kunde dra ut mig genom fönstret"

Elle attendit un certain temps

Hon väntade en stund

Mais pendant un moment, elle n'entendit plus rien

Men för en stund hörde hon inget mer

Enfin, il y eut un grondement de petites roues

Till slut hördes ett mullrande av små hjul

et il y eut le son d'un bon nombre de voix

Och där hördes en hel del röster

Toutes les voix parlaient ensemble

Alla rösterna talade med varandra

Elle pouvait distinguer certaines des paroles

Hon kunde urskilja några av orden

« Où est l'autre échelle ? »

"Var är den andra stegen?"

« Bill a l'autre échelle »

"Bill har den andra stegen"

« Bill, viens ici ! »

"Bill, kom hit!"

« Le toit va-t-il supporter le fardeau ? »

"Kommer taket att bära lasten?"

« Qui veut descendre par la cheminée ? »

"Vem vill gå ner i skorstenen?"

— Non, je ne le ferai pas ! Vous le faites !

"Nej, det ska jag inte! Du gör det!"

« Tiens, Bill ! »

»Här, Bill!»

« Le maître dit qu'il faut descendre par la cheminée ! »

"Mästaren säger att du måste gå ner i skorstenen!"

Alice descendit son pied aussi loin qu'elle le put dans la

cheminée
Alice drog sin fot så långt ner i skorstenen som hon kunde
Et puis elle attendit de voir ce qui allait arriver
Och sedan väntade hon för att se vad som skulle komma
Elle entendit un petit animal gratter et se débattre
Hon hörde ett litet djur krafsa och kravla
Le petit animal doit être dans la cheminée
Det lilla djuret måste vara i skorstenen
Puis elle donna un coup de pied sec
Sedan gav hon en skarp spark
et elle attendit de voir ce qui allait se passer ensuite
Och hon väntade för att se vad som skulle hända härnäst
Elle entendit un chœur général de voix
Hon hörde en allmän kör av röster
« Voilà Bill ! » dirent-ils tous
»Där går Bill!» sade de allesammans
Puis elle entendit la voix du lapin seule
Då hörde hon bara kaninens röst
« Toi par la haie, attrape-le ! »
"Du vid häcken, fånga honom!"
Il y eut un autre moment de silence
Det blev ännu en stunds tystnad
Et puis il y eut une autre confusion de voix
Och så blev det ett annat virrvarr av röster
« Lève la tête, Brandy »
»Håll upp hans huvud, Brandy»
« Attention à ne pas l'étouffer »
"Var försiktig så att du inte kväver honom"
« Qu'est-ce qui t'est arrivé ? »
"Vad har hänt med dig?"
Enfin, une petite voix faible et grinçante est apparue
Sist hördes en liten svag, gnisslande röst
« Eh bien, je n'en sais presque pas plus »
"Ja, jag vet knappt mer"
« merci à tous, je vais mieux maintenant »
"Tack alla, jag mår bättre nu"
« il y a une chose dont je peux me souvenir »

"det finns en sak jag kan komma ihåg"
« Quelque chose vient à moi comme un train dans un tunnel »
"Något kommer emot mig som ett tåg i en tunnel"
« Et je vole comme une fusée ! »
"och upp flyger jag som en raket!"
Il y eut une minute ou deux de silence
Det blev en tyst minut eller två
puis ils ont recommencé à se déplacer
Och sedan började de röra på sig igen
et Alice entendit de nouveau le Lapin parler
och Alice hörde kaninen tala igen
« Une brouette fera l'affaire, pour commencer »
"En kärra duger, till att börja med"
« Une brouette pleine de quoi ? » pensa Alice
»En kärra av vad?» tänkte Alice
Mais elle ne fut pas tenue en suspens longtemps
Men hon hölls inte i ovisshet länge
Une pluie de petits cailloux est passée par la fenêtre
En skur av små stenar kom in genom fönstret
et quelques petits cailloux l'ont frappée au visage
och några av de små stenarna träffade henne i ansiktet
Alice fut surprise par les petits cailloux
Alice blev förvånad över de små stenarna
Tous les petits cailloux se transformaient en gâteaux
Alla de små stenarna höll på att förvandlas till kakor
et une idée lumineuse lui vint à l'esprit
Och en ljus idé dök upp i hennes huvud
« Je devrais manger un de ces gâteaux »
"Jag borde äta en sån där kaka"
« Le gâteau ne manquera pas de faire changer ma taille »
"Tårtan kommer säkert att göra en förändring i min storlek"
Alors elle a avalé l'un des gâteaux
Så hon svalde en av kakorna
et elle fut ravie de constater qu'elle commençait à rétrécir
Och hon blev förtjust när hon upptäckte att hon började
krympa

Bientôt, elle fut assez petite pour franchir la porte
Snart var hon tillräckligt liten för att komma in genom dörren
Elle s'est enfuie de la maison
Hon sprang ut ur huset
Une foule de petits animaux et d'oiseaux attendaient dehors
En skara små djur och fåglar väntade utanför
tous les petits oiseaux et les petits animaux se précipitèrent sur Alice
alla de små fåglarna och djuren rusade mot Alice
Mais elle s'enfuit aussi vite qu'elle le put
Men hon sprang iväg så fort hon kunde
et bientôt elle se trouva en sécurité dans un bois épais
Och snart befann hon sig i säkerhet i en tät skog
Alice errait dans les bois
Alice vandrade omkring i skogen
Et elle pensa en elle-même :
Och hon tänkte för sig själv:
« Je sais ce que je dois faire en premier »
"Jag vet vad jag måste göra först"
« Je dois d'abord grandir à ma bonne taille »
"först måste jag växa till min rätta storlek igen"
« et puis je dois trouver mon chemin dans ce joli jardin »
"och sen måste jag hitta in i den där vackra trädgården"
« Je suppose que je devrais manger ou boire quelque chose ou autre »
"Jag antar att jag borde äta eller dricka det ena eller det andra"
« Mais la question est de savoir ce que je dois manger ou boire ? »
"men frågan är vad jag ska äta eller dricka?"
Alice regarda tout autour d'elle les fleurs
Alice såg sig omkring på blommorna
et elle regarda à travers les brins d'herbe
Och hon såg genom grässtråna
mais elle ne voyait rien à manger ni à boire
Men hon kunde inte se något att äta eller dricka
Rien ne semblait être la bonne chose à manger ou à boire
Ingenting såg ut som det rätta att äta eller dricka

Il y avait un gros champignon qui poussait près d'elle
Det växte en stor svamp i närheten av henne
le champignon était à peu près de la même taille qu'Alice
svampen var ungefär lika hög som Alice
Elle s'étira sur la pointe des pieds
Hon sträckte ut sig på tå
Et elle jeta un coup d'œil par-dessus le bord du champignon
och hon kikade över kanten på svampen
**Ses yeux rencontrèrent immédiatement les yeux d'une
grande chenille bleue**
Hennes blick mötte genast blicken på en stor blå larv
La chenille était assise sur le sommet du champignon
Larven satt på toppen av svampen
et la chenille avait croisé tous ses bras
och larven hade lagt armarna i kors
et il fumait tranquillement un long narguilé
och han rökte tyst en lång vattenpipa
et il ne faisait pas la moindre attention à rien
Och han brydde sig inte det minsta om någonting
et il n'a certainement pas fait attention à Alice
och han brydde sig verkligen inte om Alice

Les conseils d'une chenille
Råd från en larv

Finalement, la chenille a retiré le narguilé de sa bouche
Till slut tog larven ut vattenpipan ur munnen
et il s'adressa à Alice d'une voix languissante et endormie
och han vände sig till Alice med en slö, sömnig röst
« Qui es-tu ? » demanda la chenille
"Vem är du?" frågade larven

Alice a répondu, plutôt timidement : « Je sais à peine, monsieur. »
Alice svarade, ganska blygt, "Jag vet knappt, sir"
« Juste pour le moment, c'est un peu... »
"Just nu är det bara lite..."
« Je sais qui j'étais quand je me suis levé ce matin" »
"Jag vet vem jag var när jag steg upp i morse""
« mais je pense que j'ai dû changer plusieurs fois depuis »
"men jag tror att jag måste ha förändrats flera gånger sedan dess"
« Qu'est-ce que tu veux dire par là ? » dit la chenille

»Vad menar du med det?» sade larven
sévèrement, la chenille lui demanda de s'expliquer
Strängt bad larven henne att förklara sig
**— Je ne peux pas m'expliquer, j'en ai peur, monsieur, dit
Alice**
»Jag kan inte förklara mig, är jag rädd», sade Alice
« parce que je ne suis pas moi-même »
"för att jag inte är mig själv"
**« Vous voyez, être de tant de tailles différentes en une
journée, c'est très déroutant »**
"Du förstår, det är väldigt förvirrande att vara så många olika
storlekar på en dag"
Elle se redressa et dit très gravement :
Hon reste sig upp och sade mycket allvarligt:
« Je pense que tu devrais me dire qui tu es, en premier »
"Jag tycker att du först ska tala om för mig vem du är"
« Pourquoi ? » demanda la chenille
»Varför?» sade larven
Alice ne voyait aucune bonne raison
Alice kunde inte komma på någon bra anledning
**et la chenille semblait être dans un état d'esprit très
désagréable**
Och larven verkade vara i ett mycket obehagligt
sinnestillstånd
alors elle s'en retourna
Så hon vände sig bort
« Reviens ! » la chenille l'appela
"Kom tillbaka!" ropade larven efter henne
« J'ai quelque chose d'important à dire ! »
"Jag har något viktigt att säga!"
Alice se retourna et revint
Alice vände sig om och kom tillbaka igen
« Garde ton sang-froid », dit la chenille
»Behåll ditt humör», sade larven
— C'est tout ? dit Alice
"Är det allt?" sa Alice
Et elle ravala sa colère de son mieux

Och hon svalde sin vrede så gott hon kunde

« Non, » dit la chenille

"Nej", sa larven

La chenille déplia ses bras

Larven vecklade ut armarna

Et il retira le narguilé de sa bouche

Och han tog ut vattenpipan ur munnen igen

et il a dit : « Vous pensez donc que vous avez changé, n'est-ce pas ? »

Och han sade: "Så du tror att du har förändrats, eller hur?"

— J'ai peur, je suis changée, monsieur, dit Alice

»Jag är rädd, jag är förändrad, sir», sade Alice

« Je ne me souviens plus des choses comme je m'en souvenais »

"Jag kan inte komma ihåg saker som jag brukade komma ihåg dem"

« et je ne reste pas plus de dix minutes de la même taille ! »

"och jag håller inte samma storlek i mer än tio minuter!"

« Quelle taille veux-tu faire ? » demanda la chenille

"Vilken storlek vill du ha?" frågade larven

— Oh, ma taille ne me dérange pas particulièrement, répondit vivement Alice

"Åh, jag bryr mig inte så mycket om vilken storlek jag har", svarade Alice hastigt

« Je n'aime pas changer de taille si souvent, vous savez »

"Jag gillar bara inte att byta storlek så ofta, vet du"

« J'aimerais être un peu plus grand, monsieur »

"Jag skulle vilja vara lite större, sir"

— Si cela ne vous dérange pas, ajouta Alice

»om du inte har något emot det», tillade Alice

« Dix centimètres, c'est une taille si misérable »

"Tio centimeter är en så eländig höjd att vara"

« C'est une très bonne hauteur en effet ! » dit la chenille avec colère

»Det är verkligen en mycket bra höjd!» sade larven ilsket

et il se redressa tout en parlant

Och han reste sig upprätt medan han talade

Il mesurait exactement dix centimètres de haut
Han var exakt tio centimeter lång
Au bout d'une minute ou deux, la chenille s'est détachée du champignon
På en minut eller två kom larven ner från svampen
et il s'enfonça en rampant dans l'herbe
Och han kröp bort i gräset
En s'éloignant, il fit quelques petites remarques
När han gick därifrån gjorde han några små anmärkningar
« Un côté vous fera grandir »
"En sida kommer att få dig att bli längre"
« Et l'autre côté te fera rapetisser »
"Och den andra sidan kommer att få dig att bli kortare"
« Un côté de quoi ? » pensa Alice en elle-même
"En sida av vad?" tänkte Alice för sig själv
« L'autre côté de quoi ? »
"Den andra sidan av vad?"
« Le côté du champignon », dit la chenille
»Sidan av svampen», sade larven
C'était comme si elle avait posé sa question à haute voix
Det var som om hon hade ställt sin fråga högt
et un instant plus tard, il fut hors de vue
Och i ett annat ögonblick var han utom synhåll
Alice resta pensivement à regarder le champignon
Alice stod kvar och tittade tankfullt på svampen
Elle essayait de distinguer quels étaient les deux côtés du champignon
Hon försökte urskilja vilka som var de två sidorna av svampen
Enfin, elle étendit ses bras autour du champignon
Till sist sträckte hon armarna om svampen
Et elle cassa un peu les bords
och hon bröt av lite av kanterna
« Et maintenant, de quel côté est-ce ? » se dit-elle
»Och nå, vilken sida är vilken?» sade hon för sig själv
et elle grignota un peu du mors de la main droite
och hon knaprade lite på den högra biten

L'instant d'après, elle sentit un violent coup sous son menton
I nästa ögonblick kände hon ett våldsamt slag under hakan
Son menton avait heurté son pied !
Hennes haka hade slagit i foten!
Elle fut bien effrayée par ce changement très soudain
Hon blev en hel del skrämd av denna mycket plötsliga förändring
Elle rétrécissait très rapidement
Hon krympte mycket snabbt
Alors elle a rapidement mangé un peu de l'autre morceau de champignon
Så hon åt snabbt upp lite av den andra svampen
Son menton était très serré contre son pied
Hennes haka var pressad tätt mot hennes fot
Il y avait à peine de la place pour ouvrir la bouche
Det fanns knappt plats att öppna munnen
mais elle parvint enfin à ouvrir la bouche
Men till slut lyckades hon öppna munnen
et elle avala un morceau du mors de la main gauche
Och hon svalde en bit av den vänstra biten
« Ma tête a enfin été libérée ! » dit Alice
"Äntligen har mitt huvud blivit befriat!" sa Alice
Elle baissa les yeux sur elle-même
Hon såg ner på sig själv
mais tout ce qu'elle pouvait voir, c'était une immense longueur de cou
Men allt hon kunde se var en ofantlig längd på halsen
Son cou semblait se dresser comme une tige
Hennes hals tycktes resa sig som en stjälk
et elle baissa les yeux sur une mer de feuilles vertes
Och hon såg ner över ett hav av gröna löv
« Où sont passées mes épaules ? »
"Vart har mina axlar tagit vägen?"
« Et oh, mes pauvres mains, comment se fait-il que je ne puisse pas vous voir ? »
»Och åh, mina stackars händer, hur kommer det sig, att jag

inte kan se dig?»
Mais son cou avait un avantage
Men hennes nacke hade en fördel
Elle pouvait bouger la tête dans n'importe quelle direction
Hon kunde röra huvudet åt vilket håll som helst
En fait, elle était comme un serpent
I själva verket var hon precis som en orm
Elle zigzague gracieusement, la tête baissée
Hon sicksackade graciöst med huvudet nedåt
et elle remua la tête à travers les arbres
Och hon rörde sitt huvud mellan träden
Mais elle entendit alors un sifflement aigu
Men så hörde hon ett skarpt väsande
Et elle tira rapidement la tête en arrière
Och hon drog snabbt huvudet bakåt
Un gros pigeon lui avait volé au visage
En stor duva hade flugit in i hennes ansikte
et le pigeon était violemment avec ses ailes
och duvan var våldsamt med sina vingar

« Serpent ! » cria le pigeon
»Ormen!» ropade duvan
« Je ne suis pas un serpent ! » dit Alice avec indignation
»Jag är ingen orm!» sade Alice upprört
« Laisse-moi tranquille ! »
"Lämna mig ifred!"
« J'ai essayé les racines des arbres »
"Jag har provat trädens rötter"
— Et j'ai essayé des haies, continua le pigeon
"Och jag har provat häckar", fortsatte duvan
« Mais ces serpents ! Il n'y a pas moyen de leur plaire !
"Men de där ormarna! Det går inte att behaga dem!"
Alice était de plus en plus perplexe
Alice blev mer och mer förbryllad
« Comme si ce n'était pas assez compliqué de faire éclore les
œufs », a déclaré le pigeon
»Som om det inte vore besvär nog att kläcka äggen», sade
duvan
« Nuit et jour, je dois aussi faire attention aux serpents ! »
"natt och dag måste jag också se upp för ormar!"
« Je venais de trouver l'arbre le plus haut de la forêt »
"Jag hade precis hittat det högsta trädet i skogen"
« Je serais sûrement libre des serpents ici ? »
"Visst skulle jag vara fri från ormar här?"
« Et un serpent sort du ciel ! »
"Och ut kommer en orm från himlen!"
« Mais je ne suis pas un serpent, je vous le dis ! » dit Alice
"Men jag är ingen orm, det ska jag säga dig!" sa Alice
"Je suis un... Je suis un... Je suis une petite fille, ajouta-t-elle
d'un air un peu dubitatif
"Jag är en... Jag är en... Jag är en liten flicka», tillade hon litet
tveksamt
Après tout, elle avait traversé beaucoup de changements
Hon hade trots allt gått igenom en hel del förändringar
« Tu cherches des œufs », dit le pigeon
"Du letar efter ägg", sa duvan
« Je le sais pertinemment »

"Det vet jag med säkerhet"

« Et qu'importe que vous soyez une petite fille ou un serpent ? »

"Och vad spelar det för roll om du är en liten flicka eller en orm?"

— Cela m'importe beaucoup, dit Alice à la hâte

»Det betyder mycket för mig», sade Alice hastigt

« mais je ne cherche pas d'œufs, en l'occurrence »

"men jag letar inte efter ägg, som det råkar vara"

« et je ne voudrais pas de tes œufs de toute façon »

"och jag skulle inte vilja ha dina ägg i alla fall"

« Je n'aime pas mes œufs crus »

"Jag gillar inte mina ägg råa"

« Eh bien, allez-vous-en ! » dit le pigeon d'un ton boudeur

»Nå, ge dig av då!» sade duvan surmulen

et le pigeon se posa de nouveau dans son nid

och duvan slog sig åter ner i sitt bo

Alice s'accroupit parmi les arbres du mieux qu'elle put

Alice hukade sig ner bland träden så gott hon kunde

Son cou ne cessait de s'emmêler parmi les branches

Hennes nacke trasslade hela tiden in sig bland grenarna

De temps en temps, elle devait s'arrêter et se tordre le cou

Då och då var hon tvungen att stanna och vrida upp nacken

Au bout d'un moment, elle se souvint du champignon

Efter en stund kom hon ihåg svampen

Elle tenait toujours les morceaux de champignon dans ses mains

Hon höll fortfarande svampbitarna i sina händer

et elle se mit à l'œuvre avec beaucoup de soin

Och hon skred till verket mycket försiktigt

D'abord, elle a grignoté un morceau

Först knaprade hon på ett stycke

puis elle grignota l'autre morceau

Och så knaprade hon på den andra biten

Parfois, elle grandissait

Ibland blev hon längre

et parfois elle devenait plus petite

och ibland blev hon kortare
Mais finalement, elle a atteint sa taille habituelle
Men till slut uppnådde hon sin vanliga längd
Elle n'avait pas été de sa taille depuis un certain temps
Hon hade inte varit sin egen längd på ett tag
Tout m'a semblé étrange pendant un moment
Så allt kändes konstigt ett tag
« La prochaine chose à faire est d'entrer dans ce beau jardin »
"Nästa sak att göra är att ta sig in i den vackra trädgården"
« Comment cela se fera-t-il, je me demande ? »
"Hur skall det gå till, undrar jag?"
En disant cela, elle tomba sur un endroit ouvert
När hon sade detta, kom hon till en öppen plats
Il y avait une petite maison, un peu plus haute qu'un mètre
Det fanns ett litet hus, lite högre än en meter
« Je me demande qui habite cette petite maison »
"Jag undrar vem som bor i det här lilla huset"
« Je ne peux certainement pas y aller aussi grand que je le suis »
"Jag kan verkligen inte gå in så stor som jag är"
« Je les effrayerais terriblement ! »
"Jag skulle skrämma dem fruktansvärt!"
alors elle grignota à nouveau le petit champignon
Så hon knaprade på den lilla svampen igen
et bientôt elle s'abaissa de trente centimètres
Och snart tog hon sig ner trettio centimeter

Un cochon et du poivre

En gris och lite peppar

Pendant une minute ou deux, elle resta à regarder la maison

I en minut eller två stod hon och tittade på huset

Soudain, un valet de pied sortit en courant des bois

Plötsligt kom en springpojke springande ut ur skogen

Il portait un uniforme de livrée spécial

Han var klädd i en speciell livréuniform

à en juger par son seul visage, elle l'aurait traité de poisson

Att döma av hans ansikte skulle hon ha kallat honom en fisk

et il frappa bruyamment à la porte avec ses jointures

och han knackade högljutt på dörren med knogarna

La porte fut ouverte par un autre valet de pied

Dörren öppnades av en annan betjänt

Ce valet de pied portait également une livrée spéciale

Även denna betjänt var klädd i en speciell livré

Ce valet de pied avait un visage rond et de grands yeux comme une grenouille

Denne betjänt hade ett runt ansikte och stora ögon som en groda

**C'est le valet de pied qui ressemblait à un poisson qui a
initié la cérémonie**
Betjänten som såg ut som en fisk inledde ceremonin
Il sortit quelque chose de sous son bras
Han drog fram något under armen
et il tira de dessous son bras une enveloppe
Och han tog fram ett kuvert under armen
et cette enveloppe, il la remit à l'autre valet de pied
Och detta kuvert räckte han över till den andre drängen
D'un ton cérémoniel, il lui donna les ordres
I högtidlig ton gav han honom orderna
« Ce message s'adresse à la duchesse »
"Det här meddelandet är till hertiginnan"
« Une invitation de la reine à jouer au croquet »
"En inbjudan från drottningen att spela krocket"
**Le valet de pied qui ressemblait à une grenouille répéta
l'ordre**
Betjänten som såg ut som en groda upprepade ordern
« De la reine »
"Från drottningen"
« Une invitation »
"En inbjudan"
« pour la duchesse »
"för hertiginnan"
« Jouer au croquet »
"Spela krocket"
Puis ils s'inclinèrent tous les deux
Sedan bugade de sig båda djupt
et les boucles de leurs perruques s'emmêlèrent
och lockarna i deras peruker trasslade in sig i varandra
**Bientôt, le valet de pied qui ressemblait à un poisson a
disparu**
Snart var drängen som såg ut som en fisk borta
**Mais le valet de pied qui ressemblait à une grenouille était
toujours là**
Men drängen som såg ut som en groda var kvar

Il était assis par terre près de la porte
Han satt på marken nära dörren
Il regardait bêtement le ciel
Han stirrade dumt upp i skyn
Alice s'approcha timidement de la porte et frappa
Alice gick försynt fram till dörren och knackade på
— Il ne sert à rien de frapper, dit le valet de pied
»Det tjänar ingenting till att knacka», sade drängen
« Et ce, pour deux raisons »
"Och det av två skäl"
« D'abord, parce que je suis du même côté de la porte que toi »
"För det första för att jag är på samma sida av dörren som du"
« Deuxièmement, parce qu'ils font tellement de bruit à l'intérieur »
"För det andra för att de gör så mycket oväsen inuti"
« Personne ne pouvait vous entendre »
"Ingen kunde höra dig"
Et il y avait certainement un bruit des plus extraordinaires à l'intérieur
Och det var sannerligen ett högst märkvärdigt oväsen som pågick därinne
des hurlements et des éternuements constants
ett konstant ylande och nysande
et de temps en temps un bruit de grand fracas
och då och då ett ljud av ett stort brak
comme si un plat ou une bouilloire avait été brisé en morceaux
som om en tallrik eller vattenkokare hade slagits i bitar
« Comment vais-je entrer ? » demanda Alice
"Hur ska jag komma in?" frågade Alice
— Faut-il que tu entres ? dit le valet de pied
»Ska ni stiga in över huvud taget?» sade drängen
« C'est la première question, vous savez »
"Det är den första frågan, vet du"
Alice ouvrit la porte et entra
Alice öppnade dörren och gick in

La porte menait directement à une grande cuisine
Dörren ledde rakt in i ett stort kök
La cuisine était pleine de fumée d'un bout à l'autre
Köket var fullt av rök från ena änden till den andra
au milieu de la cuisine se trouvait la duchesse
mitt i köket stod hertiginnan
Elle était assise sur un tabouret à trois pieds
Hon satt på en trebent pall
et elle allaitait un bébé
och hon ammade ett barn
Le cuisinier était penché au-dessus du feu
Kocken stod lutad över elden
Il remuait un grand chaudron
Han rörde om i en stor kittel
et le chaudron semblait être plein de soupe
och kitteln tycktes vara full av soppa
**« Il y a certainement trop de poivre dans cette soupe ! » Alice
se dit**
"Det är verkligen för mycket peppar i den där soppan!" sa
Alice till sig själv
Elle l'a dit du mieux qu'elle a pu sans éternuer
Hon sa det så gott hon kunde utan att nysa
Même la duchesse éternuait de temps en temps
Till och med hertiginnan nös då och då
Mais les actions du bébé étaient les plus remarquables
Men barnets handlingar var de mest anmärkningsvärda
Le bébé éternuait et hurlait alternativement
Bebisen nös och ylade om vartannat
**Il n'y avait pas un instant de pause entre les hurlements et
les éternuements**
Det gick inte ett ögonblicks paus mellan tjut och nysningar
**Il y avait deux créatures dans la cuisine qui n'éternuaient
pas**
Det fanns två varelser i köket som inte nös
Le cuisinier était trop occupé pour éternuer
Kocken var för upptagen för att nysa
et le gros chat ne semblait pas se soucier du poivre

Och den stora katten verkade inte bry sig om pepparn

Au lieu de cela, le gros chat souriait d'une oreille à l'autre

I stället flinade den stora katten från öra till öra

— Pourriez-vous me le dire, s'il vous plaît, dit Alice un peu timidement

"Var snäll och berätta det för mig", sa Alice lite blygt

« Pourquoi ton chat sourit-il comme ça ? »

"Varför flinar din katt så där?"

« C'est un Cheshire-Cat, » dit la duchesse

»Det är en Cheshirekatt», sade hertiginnan

« Et c'est pourquoi il sourit d'une oreille à l'autre »

"Och det är därför han flinar från öra till öra"

« Je ne savais pas qu'un Cheshire-Cat souriait toujours »

"Jag visste inte att en Cheshire-Cat alltid flinade"

« En fait, je ne savais pas que les chats pouvaient sourire », a déclaré Alice

"Jag visste faktiskt inte att katter kunde grina", säger Alice

— Il y a beaucoup de choses que vous ne savez pas, dit la duchesse

»Det är mycket du inte vet», sade hertiginnan

« Il y a beaucoup de choses que vous ne savez pas et c'est un fait »

"Det är mycket man inte vet och det är ett faktum"

Juste à ce moment-là, le cuisinier retira le chaudron de soupe du feu

Just då tog kocken grytan med soppa från elden

et aussitôt, elle commença à jeter tout ce qui était à sa portée

Och med ens började hon kasta allt inom räckhåll

elle jeta tout ce qu'elle put sur la duchesse et le bébé

hon kastade allt hon kunde på hertiginnan och barnet

D'abord, elle jeta les fers à feu

Först kastade hon eldjärnen

Puis elle a jeté une poignée de casseroles

Sedan kastade hon en handfull kastruller

et enfin elle jeta les assiettes et les plats

Och till sist kastade hon tallrikar och fat

La duchesse ne fit pas attention à elle

Hertiginnan tog ingen notis om henne
Même lorsqu'elle a été frappée par une assiette, elle ne s'est pas inquiétée
Inte ens när hon blev träffad av en tallrik oroade hon sig
Le bébé hurlait déjà tellement
Bebisen ylade redan så mycket
Il était donc impossible de dire si les coups blessaient le bébé ou non
Så det var omöjligt att säga om slagen skadade barnet eller inte
« Oh, je vous en prie, faites attention à ce que vous faites ! » s'écria Alice
"Åh, snälla, tänk på vad du gör!" ropade Alice
et elle sautait de haut en bas dans une agonie de terreur
Och hon hoppade upp och ner i skräckångest
la duchesse offrit le bébé à Alice
Hertiginnan erbjöd barnet Alice
« Ici ! Tu peux allaiter un peu le bébé, si tu veux !
"Här! Du kan amma barnet lite, om du vill!"
et elle lui lança l'enfant tout en parlant
Och hon kastade barnet mot henne, medan hon talade
« Je dois aller me préparer à jouer au croquet avec la reine »
"Jag måste gå och göra mig i ordning för att spela krocket med drottningen"
et elle se hâta de sortir de la chambre
Och hon skyndade sig ut ur rummet
Alice attrapa le bébé avec quelque difficulté
Alice fångade barnet med viss svårighet
parce que c'était une petite créature de forme très étrange
för det var en mycket underligt formad liten varelse
et l'enfant tendit les bras et les jambes dans toutes les directions
Och barnet sträckte ut armar och ben åt alla håll
« Je ferais mieux d'emmener cet enfant avec moi », pensa Alice
"Det är bäst att jag tar det här barnet med mig", tänkte Alice
« Ils sont sûrs de tuer ce bébé dans un jour ou deux »

"De kommer säkert att döda den här bebisen om en dag eller
två"

« Ne serait-ce pas un meurtre de laisser ce bébé derrière soi ?
»

"Skulle det inte vara mord att lämna det här barnet bakom
sig?"

Elle prononça les derniers mots à haute voix

Hon sa de sista orden högt

Et la petite créature grogna en réponse

och den lilla varelsen grymtade till svar

**« Tu ferais mieux de ne pas te transformer en cochon, ma
chère, » dit Alice**

"Det är bäst att du inte förvandlas till ett svin, min kära", sa
Alice

« ou alors je n'aurai plus rien à faire avec toi »

"annars har jag inget mer med dig att göra"

Alice commençait à peine à penser en elle-même :

Alice hade just börjat tänka för sig själv:

**« Maintenant, que vais-je faire de cette créature, quand je la
ramène à la maison ? »**

»Nå, vad skall jag göra med den här varelsen, när jag får hem
den?»

Mais alors la petite créature grogna un peu violemment

Men då grymtade den lilla varelsen lite våldsamt

**et Alice baissa les yeux sur son visage avec une certaine
inquiétude**

och Alice såg förskräckt ner i dess ansikte

Cette fois, il ne pouvait y avoir d'erreur à ce sujet

Den här gången gick det inte att ta miste på det

Ce n'était ni plus ni moins qu'un cochon

Den var varken mer eller mindre än en gris

alors elle déposa la petite créature

Och hon satte ner den lilla varelsen

et la petite créature s'éloigna tranquillement dans le bois

och den lilla varelsen travade lugnt bort in i skogen

Alice se sentit tout à fait soulagée de voir la créature partir

Alice kände sig ganska lättad över att se varelsen gå

Alice fut un peu surprise en voyant le Chat-Cheshire
Alice blev lite skrämd av att se Cheshire-katten
Il était assis sur une branche d'arbre à quelques mètres de là
Den satt på en gren i ett träd några meter bort
Le chat ne sourit que lorsqu'il la vit
Katten bara flinade när den såg henne
« Chat du Cheshire », commença Alice un peu timidement
»Cheshire-katt», började Alice litet försagd
« Pourriez-vous s'il vous plaît me dire dans quelle direction je dois aller à partir d'ici ? »
"Vill du vara snäll och tala om för mig vilken väg jag ska gå härifrån?"
« Dans cette direction », dit le chat
"I den riktningen", sa katten
et il agita la patte droite
och den viftade med höger tass
« C'est dans cette direction que vit un fabricant de chapeaux »
"I den riktningen bor en hattmakare"
puis le chat agita son autre patte
Och så viftade katten med sin andra tass
« Et dans cette direction vit un lièvre de marche »
"Och åt det hållet bor en marshare"
« Visitez l'un ou l'autre de vos goûts ; Ils sont tous les deux fous"
"Besök vem du vill; de är båda galna"
— Mais je ne veux pas aller parmi des fous, remarqua Alice
"Men jag vill inte gå bland galna människor", sa Alice
« Oh, tu ne peux pas t'en empêcher, » dit le Chat
"Åh, det kan du inte hjälpa", sa katten
« Nous sommes tous fous ici »
"Vi är alla galna här"
« Tu joues au croquet avec la reine aujourd'hui ? »
"Spelar du krocket med drottningen idag?"
— J'aimerais beaucoup, dit Alice
"Det skulle jag gärna vilja", sa Alice
« mais je n'ai pas encore été invité »

"men jag har inte blivit inbjuden än"
« Tu me verras là-bas », dit le Chat
"Du kommer att se mig där", sa katten
et d'un instant à l'autre le chat disparaissait
Och från den ena stunden till den andra försvann katten
bientôt Alice arriva en vue de la maison du lièvre de marche
Snart fick Alice syn på marsharens hus
C'était une très grande maison
Detta var ett mycket stort hus
alors Alice ne voulait pas s'approcher de la maison
så Alice ville inte gå nära huset
D'abord, elle a dû grignoter un peu plus du morceau de champignon du côté gauche
Först var hon tvungen att knapra lite mer av den vänstra sidan av svampen

Un thé fou
En galen tebjudning

Devant la maison, il y avait un arbre
Framför huset stod ett träd
et sous l'arbre, il y avait une table
och under trädet fanns ett bord
et la table était dressée avec toutes sortes de couverts
Och bordet var dukat med allehanda bestick
Le lièvre de mars et le chapelier étaient à table
Marsharen och hattmakaren satt till bords
et ensemble ils prenaient le thé
och tillsammans drack de te
Un loir était assis entre eux
En hasselmus satt mellan dem
et le loir dormait profondément
och hasselmusen sov djupt
La table était d'une taille extraordinaire
Bordet var av extraordinär storlek
mais la majeure partie de la table était inoccupée
Men större delen av bordet var tomt
**Ils étaient assis serrés les uns contre les autres dans un coin
de la table**
De satt tätt ihop i ena hörnet av bordet
et pourtant ils s'excusaient quand ils voyaient Alice
och ändå kom de med ursäkter när de såg Alice
« Pas de place ! Pas de place ! » crièrent-ils
"Ingen plats! Ingen plats!» ropade de
« Il y a beaucoup de place ! » dit Alice avec indignation
"Det finns gott om plats!" sa Alice upprört
**À l'une des extrémités de la table, il y avait un grand
fauteuil**
I ena ändan av bordet stod en stor länstol
et Alice s'assit dans le fauteuil
och Alice satte sig i fåtöljen
Le chapelier ouvrit de grands yeux
Hattmakaren spärrade upp ögonen
Il n'arrivait pas à croire ce qu'il voyait

Han kunde inte tro sina ögon
Mais son esprit était curieux d'autres choses
Men hans sinne var nyfiket på annat
« Pourquoi un corbeau est-il comme un bureau ? »
»Varför är en korp lik ett skrivbord?»
Alice était prête à relever le défi
Alice var öppen för utmaningen
« Je suis content qu'ils aient commencé à poser des énigmes »
"Jag är glad att de har börjat ställa gåtor"
— Je crois que je peux le deviner, ajouta-t-elle à haute voix
»Jag tror jag kan gissa det», tillade hon högt
Le lièvre de mars s'est curieux de connaître Alice
Marschharen blev nyfiken på Alice
« Pensez-vous vraiment que vous pouvez trouver la réponse ? »
"Tror du verkligen att du kan hitta svaret?"
— Je crois que je peux trouver la réponse, en effet, dit Alice
"Jag tror att jag kan hitta svaret faktiskt", sa Alice
« Alors, tu devrais dire ce que tu veux dire », continua le lièvre de marche
»Då får du säga vad du menar», fortfor marschharen
— Je dis ce que je pense, répondit vivement Alice
"Jag säger vad jag menar", svarade Alice hastigt
« à tout le moins, je pense ce que je dis »
"jag menar i alla fall vad jag säger"
« C'est la même chose, vous savez »
"Det är samma sak, vet du"
Le loir a également contribué à la conversation
Hasselmusen bidrog också till samtalet
mais le loir semblait parler dans son sommeil
men hasselmusen tycktes tala i sömnen
« Je respire quand je dors »
"Jag andas när jag sover"
« Je dors quand je respire ! »
"Jag sover när jag andas!"
« Autant dire qu'ils sont les mêmes aussi »

"Man kan lika gärna säga att de är likadana också"
« C'est la même chose pour toi », dit le chapelier
»Det är samma sak med dig», sade hattmakaren
Et il versa un peu de thé sur le nez du loir
och han hällde lite te på hasselmusens näsa
Le Loir secoua la tête avec impatience
Dormouse skakade otåligt på huvudet
et le loir parla de nouveau, sans ouvrir les yeux
Och åter talade hasselmusen utan att öppna ögonen
« Bien sûr, bien sûr que c'est la même chose »
"Självklart, det är klart att det är likadant"
« C'est juste ce que j'allais dire moi-même »
"det var bara vad jag själv tänkte säga"

Le chapelier se tourna vers Alice et lui posa une autre question

Hattmakaren vände sig till Alice och ställde en annan fråga

« As-tu déjà deviné l'énigme ? »

"Har du gissat gåtan än?"

« Non, j'abandonne », a concédé Alice

"Nej, jag ger upp", medgav Alice

« Quelle est la réponse ? » voulait-elle savoir

"Vad är svaret?" ville hon veta

— Je n'en ai pas la moindre idée, dit le chapelier

»Jag har inte den ringaste aning», sade hattmakaren

« Moi non plus, » dit le lièvre de marche

»Det vet jag inte heller», sade fältharen

Alice poussa un soupir de lassitude

Alice gav ifrån sig en trött suck

« Il y a de meilleures utilisations du temps que des énigmes sans réponses »

"Det finns bättre sätt att använda tiden än gåtor utan svar"

« Prends encore du thé », dit le lièvre de marche à Alice, très sérieusement

»Drick litet mer te», sade marschharen mycket allvarligt till Alice

Alice était assez offensée par l'offre

Alice blev ganska förolämpad av erbjudandet

— Je n'ai pas encore pris de thé, répondit Alice

"Jag har inte druckit te än", svarade Alice

« donc je ne peux plus prendre de thé »

"därför kan jag inte dricka mer te"

— Vous voulez dire que vous ne pouvez pas prendre moins de thé, dit le chapelier

»Du menar, att du inte kan dricka mindre te?» sade hattmakaren

« C'est très facile de prendre plus que rien »

"Det är väldigt lätt att ta mer än ingenting"

À ces mots, Alice se leva et s'en alla

Då reste sig Alice och gick iväg

Le loir s'endormit instantanément

Hasselmusen somnade genast
et ni l'un ni l'autre ne firent la moindre attention à son départ
Och ingen av de andra bryddde sig det minsta om att hon gick
bien qu'elle ait regardé en arrière une ou deux fois
fast hon såg sig om ett par gånger
Ils essayaient de mettre le loir dans la théière
De försökte sätta hasselmusen i tekannan
« En tout cas, je n'y retournerai plus ! » dit Alice
"Jag kommer i alla fall aldrig att gå dit igen!" sa Alice
et elle se fraya un chemin à travers les bois
Och hon gick sin väg genom skogen
« c'était le thé le plus stupide auquel j'aie jamais assisté »
"det var det dummaste tebjudning jag någonsin varit på"
Juste au moment où elle disait cela, elle remarqua quelque chose
Just som hon sade detta, lade hon märke till något
L'un des arbres avait une porte qui y menait directement
Ett av träden hade en dörr som ledde rakt in i det
« C'est très intéressant ! » a-t-elle pensé
"Det är mycket intressant!" tänkte hon
« Je pense que je peux aussi bien passer la porte »
"Jag tror att jag lika gärna kan gå in genom dörren"
Et elle passa par la porte
Och genom dörren gick hon
Une fois de plus, elle se retrouva dans le long couloir
Än en gång befann hon sig i den långa hallen
de nouveau, elle était près de la petite table de verre
Åter stod hon tätt intill det lilla glasbordet
Elle prit la petite clé d'or
Hon tog den lilla gyllene nyckeln
et elle ouvrit la porte qui donnait sur le jardin
Och hon låste upp dörren som ledde ut i trädgården
Puis elle s'est mise au travail pour grignoter le champignon
Sedan satte hon igång med att knapra på svampen
Elle avait gardé un morceau du champignon dans sa poche
Hon hade haft en bit av svampen i fickan

Et finalement, elle mesurait environ un mètre
Och till slut var hon ungefär en meter lång
Puis elle descendit le petit couloir
Sen gick hon genom den lilla korridoren
Et puis elle s'est finalement retrouvée dans le magnifique jardin
Och så befann hon sig äntligen i den vackra trädgården
et elle était parmi les fleurs brillantes et les fontaines fraîches
Och hon var bland den ljusa blomman och de svala fontänerna

Le terrain de croquet de la reine

Drottningens krocketplan

Un grand rosier se dressait près de l'entrée du jardin

Ett stort rosenträd stod nära ingången till trädgården

Les roses qui poussaient sur l'arbre étaient blanches

Rosorna som växte på trädet var vita

Mais il y avait trois jardiniers qui peignaient la rose

Men det var tre trädgårdsmästare som målade rosen

Ils étaient occupés à peindre les roses en rouge

De var ivrigt sysselsatta med att måla rosorna röda

et Alice les regardait peindre les roses en rouge

och Alice tittade på när de målade rosorna röda

et soudain leurs yeux tombèrent par hasard sur Alice

och plötsligt råkade deras blickar falla på Alice

Alice parlait un peu timidement

Alice talade lite försagt

« Pourriez-vous me le dire, s'il vous plaît ? »

"Vill du vara snäll och berätta det för mig?"

« Pourquoi peignez-vous tous ces roses ? »

"Varför målar ni alla de där rosorna?"

cinq et sept ne dirent rien, mais regardèrent deux

Fem och sju sade ingenting, men tittade på två

deux d'entre eux parlèrent à voix basse

Två talade med låg röst

— Eh bien, le fait est, voyez-vous, madame.

»Ja, faktum är ju så, min fru.»

« Celui-ci aurait dû être un rosier rouge »

"Det här borde ha varit ett rött rosenträd"

« Et nous avons mis un rosier blanc par erreur »

"Och vi satte in ett vitt rosenträd av misstag"

« Comme vous en conviendrez, la reine ne doit pas le découvrir »

"Som ni säkert håller med om får drottningen inte ta reda på det"

« Sinon, nous aurions tous la tête tranchée »

"Annars skulle vi alla få våra huvuden avhuggna"

« Alors vous voyez, madame, nous faisons de notre mieux »

"Så ser ni, frun, vi gör vårt bästa"

La cinquième carte avait regardé anxieusement à travers le jardin

Kort fem hade oroligt tittat ut över trädgården

À ce moment, la cinquième carte cria : « La dame ! La reine !

I detta ögonblick ropade kort fem: "Damen! Drottningen!"

Et les trois jardiniers s'enfuirent aussitôt

Och de tre trädgårdsmästarna skyndade genast iväg

et ils se jetèrent à plat ventre

och de kastade sig platt på sina ansikten

Il y eut un bruit de nombreux pas

Det hördes många fotsteg

Alice regarda autour d'elle, impatiente de voir la reine

Alice såg sig omkring, ivrig att få se drottningen

Au début de la procession se trouvaient dix soldats

I början av processionen stod tio soldater

leurs mains et leurs pieds étaient dans les coins

Deras händer och fötter var i hörnen

et dans leurs mains et leurs pieds étaient des massues

och i deras händer och fötter hade de klubbor

Venaient ensuite les dix courtisans

Därnäst kom de tio hovmännen

Les courtisans étaient partout ornés de diamants

Hovmännen var överallt prydda med diamanter

Après les courtisans sont venus les enfants royaux

Efter hovmännen kom de kungliga barnen

Il y avait dix enfants royaux

Det fanns tio av de kungliga barnen

et tous les enfants royaux étaient ornés de cœurs

Och alla de kungliga barnen var smyckade med hjärtan

Venaient ensuite les invités ; principalement des rois et des reines

Därefter kom gästerna; Mestadels kungar och drottningar

et parmi les rois et la reine, Alice vit quelqu'un

och bland kungarna och drottningen såg Alice någon

Elle revit le lapin blanc qu'elle avait chassé

Hon såg åter den vita kaninen som hon hade jagat

Le cortège était suivi par le valet de cœur
Processionen följdes av hjärtans knekt
Il portait la couronne du roi
Han bar kungens krona
et la couronne du roi était sur un coussin de velours cramoisi
och kungens krona låg på en karmosinröd sammetskudde
Et puis vint la fin de ce grand cortège
Och så kom slutet på denna storslagna procession
Et là, à la fin, il y avait le Roi et la Reine de Cœur
Och där i slutet var hjärter kung och drottning
le cortège arriva en face d'Alice
processionen kom mitt emot Alice
et ils s'arrêtèrent tous et la regardèrent
Och de stannade alla och såg på henne
et la reine dit sévèrement : « Qui est-ce ? »
Och drottningen sade allvarligt: »Vem är detta?»
Elle l'a dit au Valet de Cœur
Hon sa det till Hjärter Knekt
Mais il s'est contenté de s'incliner et de sourire en réponse
Men han bara bugade och log till svar
Alice parla très poliment
Alice talade mycket artigt
« Je m'appelle Alice, alors faites plaisir à Votre Majesté »
"Mitt namn är Alice, så snälla ers majestät"
Mais elle avait d'autres pensées pour elle-même
Men hon hade andra tankar för sig själv
« Ce n'est qu'un jeu de cartes, après tout ! »
"De är ju bara en kortlek!"
« Savez-vous jouer au croquet ? » cria la reine
"Kan du spela krocket?" ropade drottningen
La question était évidemment destinée à Alice
Frågan var tydligen menad för Alice
— Oui ! dit Alice d'une voix forte
"Ja!" sa Alice högt
« Venez jouer alors ! » rugit la reine
»Kom och lek då!» röt drottningen
une voix timide s'adressa à Alice

en skygg röst talade till Alice

« C'est une très belle journée ! »

"Det är en mycket fin dag!"

Elle se promenait près du lapin blanc

Hon gick förbi den vita kaninen

et le Lapin Blanc jetait un coup d'œil anxieux sur son visage

och den vita kaninen tittade oroligt i ansiktet på henne

« Une très belle journée, en effet, confirma Alice

"En mycket vacker dag faktiskt", bekräftade Alice

« Où est la duchesse ? »

»Var är hertiginnan?»

« Chut ! Chut ! dit le Lapin

"Tyst! Tyst!» sade kaninen

« Elle est sous le coup d'une sentence d'exécution »

"Hon är dömd till avrättning"

« Pourquoi est-elle exécutée ? » demanda Alice

"Varför blir hon avrättad?" frågade Alice

« Elle a éraflé les oreilles de la reine », commença le lapin

»Hon skrapade drottningens öron», började kaninen

cria la reine d'une voix de tonnerre

ropade drottningen med tordönsröst

« Retournez à vos endroits ! »

"Gå till era platser!"

et les gens se mirent à courir dans toutes les directions

och folk började springa åt alla håll

et ils tombèrent tous les uns contre les autres

och de tumlade alla ihop mot varandra

Cependant, ils se sont calmés en une minute ou deux

Men de lugnade ner sig på en minut eller två

Et puis le jeu a commencé

Och sedan började spelet

Alice n'avait jamais vu un terrain de croquet aussi curieux

Alice hade aldrig sett en så märklig krocketplan

L'herbe n'était que crêtes et sillons

Gräset var bara åsar och fåror

Les boules de croquet étaient de vrais hérissons

Krocketbollarna var riktiga igelkottar

Et les maillets étaient de vrais flamants roses

Och klubborna var riktiga flamingos

et les soldats se tinrent sur leurs mains et leurs pieds

Och soldaterna stod på händer och fötter

Parce que les arches ont été faites à partir de leurs corps

eftersom bågarna var gjorda av deras kroppar

Les joueurs ont tous joué en même temps

Alla spelare spelade på en gång

Personne n'attendait son tour

Ingen väntade på sin tur

et tout le monde se querellait avec tout le monde

och alla grälade med alla

et tous se battaient pour les hérissons

Och alla slogs om igelkottarna

Bientôt, la reine fut dans une colère furieuse

Snart befann sig drottningen i en rasande passion

et elle s'est mise à piétiner et à crier

Och hon började stampa omkring och skrika

« Coupez-lui la tête ! »

"Hugg av hans huvud!"

« Coupez-lui la tête ! »

"Hugg av hennes huvud!"

« Coupez-leur la tête ! »

"Hugg huvudet av dem alla!"

De nouveau, Alice pensa en elle-même

Återigen tänkte Alice för sig själv

« Ils sont affreusement friands de décapiter les gens ici »

"De är fruktansvärt förtjusta i att halshugga folk här"

**« Ce qui est très étonnant, c'est qu'il reste quelqu'un en vie !
»**

"Det stora undret är att det finns någon kvar i livet!"

Elle cherchait un moyen de s'échapper

Hon såg sig om efter någon utväg att fly

Elle remarqua une curieuse apparition dans l'air

Hon lade märke till ett underligt utseende i luften

« C'est le chat du Cheshire », se dit-elle

»Det är Cheshirekatten», sade hon för sig själv

« maintenant j'aurai quelqu'un à qui parler »
"nu har jag någon att prata med"
« Comment vas-tu ? » dit le chat
"Hur står det till?" sa katten
« Je ne pense pas qu'ils jouent du tout équitablement », a déclaré Alice
"Jag tycker inte alls att de spelar rättvist", säger Alice
et elle avait un ton plutôt plaintif
Och hon hade en ganska klagande ton
« Ils se querellent tous si affreusement »
"De grälar så förfärligt allihop"
« On ne s'entend pas parler »
"Man kan inte höra sig själv tala"
« Et ils ne semblent pas jouer selon des règles »
"Och de verkar inte spela efter några regler"
le chat a posé une question à Alice à voix basse
katten ställde en fråga till Alice med låg röst
« Comment aimez-vous la reine ? »
"Vad tycker du om drottningen?"
— Je ne l'aime pas du tout, dit Alice
"Jag tycker inte alls om henne", sa Alice

Alice pensa qu'elle ferait aussi bien d'y retourner
Alice tänkte att hon lika gärna kunde gå tillbaka
Elle voulait voir comment le match se passait
Hon ville se hur det gick i matchen
Elle est partie à la recherche de son hérisson
Hon gav sig iväg på jakt efter sin igelkott
Le hérisson était occupé à combattre un autre hérisson
Igelkotten var upptagen med att slåss mot en annan igelkott
C'était une excellente occasion
Detta var ett utmärkt tillfälle
Elle pouvait croquer un hérisson avec l'autre
Hon kunde slå den ena igelkotten med den andra
Mais son flamant rose était de l'autre côté du jardin
Men hennes flamingo var på andra sidan trädgården
Le flamant rose était plutôt maladroit
Flamingon var ganska klumpig
Son flamant rose essayait de s'envoler dans un arbre
Hennes flamingo försökte flyga upp i ett träd
Elle attrapa le flamant rose par la patte
Hon fångade flamingon i benet
Et elle glissa le flamant rose sous son bras
Och hon stoppade undan flamingon under armen
De cette façon, le flamant rose ne pouvait plus s'échapper
På så sätt kunde flamingon inte fly igen
Juste à ce moment-là, Alice rencontra la duchesse
Just då råkade Alice träffa hertiginnan
La duchesse était maintenant sortie de prison
Hertiginnan var nu ute ur fängelset
Elle glissa affectueusement son bras sous celui d'Alice
Hon lade kärleksfullt armen under Alices arm
puis ils sont partis ensemble
Och sedan gick de iväg tillsammans
Alice était très heureuse de la trouver d'une humeur si agréable
Alice var mycket glad över att finna henne på ett så behagligt humör
Elle était cependant un peu surprise

Hon blev dock lite skrämd
Elle entendit la voix de la duchesse près de son oreille
Hon hörde hertiginnans röst tätt intill sitt öra
« Tu penses à quelque chose, ma chérie »
"Du tänker på något, min kära"
« Et ça fait oublier de parler »
"Och det gör att man glömmer att prata"
« Le jeu se passe un peu mieux maintenant », a déclaré Alice
"Spelet går bättre nu", sa Alice
C'était une façon de poursuivre la conversation
Det var ett sätt att hålla igång samtalet
— C'est vrai, dit la duchesse
»Ja, det är så», sade hertiginnan
« Et la morale de cela est la suivante : »
"Och sensmoralen i det är denna:"
« C'est l'amour qui fait tout ! »
"Det är kärleken som gör allt!"
« L'amour est ce qui fait tourner le monde »
"Kärlek är det som får världen att gå runt"
Alice avait une autre explication
Alice hade en annan förklaring
« C'est fait par tout le monde qui s'occupe de ses propres affaires ! »
"Det görs genom att var och en sköter sig själv!"
— Ah ! Vous pourriez avoir raison"
"Nåväl! Du kan ha rätt"
— Tout cela signifie à peu près la même chose, dit la duchesse
»Det betyder ungefär samma sak», sade hertiginnan
et elle enfonça son petit menton pointu dans l'épaule d'Alice
och hon borrade in sin vassa lilla haka i Alices axel
« Et la morale de cela est la suivante »
"Och sensmoralen i det är denna"
« Prendre soin du sens »
"Ta hand om sinnena"
« Et puis les sons prendront soin d'eux-mêmes »
"Och då kommer ljuden att ta hand om sig själva"

Mais alors le bras de la duchesse se mit à trembler
Men då började hertiginnans arm att darra
Alice leva les yeux et la reine se tenait là
Alice tittade upp och där stod drottningen
La reine avait les bras croisés
Drottningen stod med armarna i kors
Et elle fronçait les sourcils comme un orage !
Och hon rynkade pannan som ett åskväder!
« Je vous préviens », cria la reine
»Jag ger er en rättvis varning!» ropade drottningen
et elle piétina le sol tout en parlant
Och hon stampade i marken medan hon talade
« Soit ta tête, soit sa tête doit être coupée »
"Antingen ditt huvud eller hennes huvud måste vara av"
« Faites votre choix ! »
"Gör ditt val!"
« Et soyez rapide à ce sujet »
"Och var snabb med det"
La duchesse fait son choix
Hertiginnan gjorde sitt val
et au bout d'un instant la duchesse avait disparu
Och inom ett ögonblick var hertiginnan borta
Puis la reine s'adressa à Alice
Sedan talade drottningen till Alice
« Continuons le jeu »
"Låt oss fortsätta med spelet"
Alice était trop effrayée pour dire un mot
Alice var för rädd för att säga ett ord
et elle la suivit lentement jusqu'au terrain de croquet
Och hon följde henne långsamt tillbaka till krocketplatsen
Pendant tout ce temps, la reine s'est querellée avec les autres joueurs
Hela tiden grälade damen med de andra spelarna
« Coupez-lui la tête ! »
"Hugg av hans huvud!"
« Coupez-lui la tête ! »
"Hugg av hennes huvud!"

« Coupez-leur la tête ! »
"Hugg huvudet av dem alla!"
Bientôt, tous les joueurs ont été en garde à vue
Snart var alla spelare häktade
il ne restait que le roi, la reine et Alice
bara kungen, drottningen och Alice stannade kvar
Puis la reine s'en alla, tout à fait essoufflée
Då gick drottningen, alldeles andfådd
et elle s'en alla avec Alice
och hon gick iväg med Alice
Alice entendit le roi dire quelque chose
Alice hörde kungen tyst säga något
« Vous êtes tous pardonnés »
"Ni är alla benådade"
Mais soudain, un autre cri se fit entendre
Men plötsligt hördes ett nytt rop
« Le procès commence ! »
"Rättegången har börjat!"
et Alice courut avec les autres
och Alice sprang tillsammans med de andra

Qui a volé les tartes ?

Vem stal tårtorna?

Le roi et la reine de cœur étaient assis

Hjärter kung och Hjärter Dam satt

ils étaient sur leur trône quand Alice arriva

de satt på sin tron när Alice anlände

Il y avait une grande foule rassemblée autour d'eux

En stor folkmassa hade samlats omkring dem

Il y avait toutes sortes de petits oiseaux et de bêtes

Där fanns alla möjliga små fåglar och djur

Et il y avait tout le paquet de cartes

Och där var hela kortleken

Le coquin se tenait devant eux, enchaîné

Knekten stod framför dem, i kedjor

et il y avait un soldat de chaque côté pour le garder

Och det fanns en soldat på var sida som vaktade honom

près du roi était le lapin blanc

nära kungen var den vita kaninen

Il avait une trompette dans une main

Han hade en trumpet i ena handen

et il avait un rouleau de parchemin dans l'autre main

Och i den andra handen hade han en pergamentrulle

Au milieu de la cour se trouvait une table

Längst mitt på gården stod ett bord

Sur la table, il y avait un grand plat de tartes

På bordet stod ett stort fat med tårtor

« J'aimerais qu'ils fassent le procès », pensa Alice

"Jag önskar att de kunde få rättegången klar", tänkte Alice

« Alors nous pourrions manger quelques-uns de ces rafraîchissements ! »

"Då skulle vi kunna äta lite av den där förfriskningen!"

Le juge, soit dit en passant, était le roi
Domaren var förresten kungen
et il portait sa couronne sur sa grande perruque
Och han bar sin krona över sin stora peruk
« C'est le banc des jurés, pensa Alice
»Det där är jurybåset», tänkte Alice
« Et ces douze créatures, je suppose qu'elles sont les jurés »
"Och de där tolv varelserna, jag antar att de är
jurymedlemmarna"
certains étaient des animaux, et d'autres étaient des oiseaux
En del var djur och en del var fåglar
Juste à ce moment-là, le lapin blanc a crié
Just då skrek den vita kaninen till
« Silence dans la cour ! »
"Tystnad i rätten!"
« Héraut, lisez l'accusation ! » dit le roi
»Härold, läs anklagelsen!» sade konungen

Le lapin blanc souffla trois coups de trompette
Den vita kaninen blåste tre stötar på trumpeten
Puis il déroula le parchemin
Sedan rullade han ut pergamentrullen
Et il a lu ce qui suit :
Och han läste följande:
« La reine de cœur, elle a fait des tartes, »
"Hjärter dam, hon gjorde några tårtor"
« Tout cela, elle l'a fait un jour d'été »
"Allt detta gjorde hon en sommardag"
« Le valet de cœur, il a volé ces tartes »
"Hjärter, han stal de där tårtorna"
« Et il a emporté ces tartes loin ! »
"Och han tog de där tårtorna långt bort!"
« Appelez le premier témoin », dit le roi
»Kalla det första vittnet», sade konungen
et le lapin blanc souffla trois coups de trompette
och den vita kaninen blåste tre stötar på trumpeten
« Amenez le premier témoin ! » cria-t-il
»Hit hit det första vittnet!» ropade han
Le premier témoin était le chapelier
Det första vittnet var hattmakaren
Il entra avec une tasse de thé dans une main
Han kom in med en tekopp i ena handen
et il avait un morceau de pain et de beurre dans l'autre main
Och han hade en bit bröd och smör i den andra handen
« Tu aurais dû finir », dit le roi
»Du borde ha slutat», sade kungen
« Quand avez-vous commencé ? »
"När började du?"
Le chapelier regarda le lièvre de marche
Hattmakaren tittade på den marscherande haren
Le lièvre de marche l'avait suivi dans la cour
Marschharen hade följt honom in på gården
Il avait marché bras dessus bras dessous avec le loir
Han hade gått arm i arm med hasselmusen
« Le quatorzième mars, je crois, dit-il

»Fjortonde mars, tror jag det var», sade han
« Rendez votre témoignage », dit le roi
»Giv ditt vittnesmål», sade konungen
« Et ne sois pas nerveux, ou je te ferai exécuter sur-le-champ »
"och var inte nervös, annars ser jag till att du avrättas på fläcken"
Cela n'a pas semblé encourager du tout le témoin
Detta tycktes inte alls uppmuntra vittnet
Il n'arrêtait pas de se déplacer d'un pied sur l'autre
Han flyttade sig hela tiden från den ena foten till den andra
et il regarda la reine avec inquiétude
Och han såg oroligt på drottningen
et, dans sa confusion, il mordit un gros morceau de sa tasse de thé
Och i sin förvirring bet han ut en stor bit ur sin tekopp
En réalité, il voulait croquer dans son pain et son beurre
I själva verket tänkte han bita av sitt bröd och smör
Juste à ce moment, Alice éprouva une sensation très curieuse
Just i detta ögonblick kände Alice en mycket underlig känsla
Elle commençait à grossir à nouveau
Hon började bli större igen
Le misérable chapelier laissa tomber sa tasse de thé
Den eländige hattmakaren tappade sin tekopp
et le pain et le beurre tombèrent à terre
och brödet och smöret föll till marken
et il mit un genou à terre
Och han föll på knä
« Je suis un pauvre homme, Votre Majesté », a-t-il commencé
»Jag är en fattig man, ers majestät», började han
« Vous êtes un bien mauvais orateur, » dit le roi
»Du är en mycket dålig talare», sade kungen
« Tu peux y aller, » dit le roi
»Du får gå», sade konungen
et le chapelier quitta précipitamment la cour
Och hattmakaren lämnade hastigt gården
« Appelez le témoin suivant ! » dit le roi

»Kalla nästa vittne!» sade konungen

Le témoin suivant fut le cuisinier de la duchesse
Nästa vittne var hertiginnans kokerska

Elle portait la poivrière à la main
Hon bar pepparlådan i handen

et les gens près de la porte se mirent à éternuer tout à coup
Och människorna vid dörren började nysa på en gång

« Rendez votre témoignage », dit le roi
»Giv ditt vittnesmål», sade konungen

— Je ne donnerai aucun témoignage, dit le cuisinier
»Jag skall inte avge några bevis», sade kokerskan

Le roi regarda anxieusement le lapin blanc
Kungen såg ängsligt på den vita kaninen

Et le lapin blanc parlait d'une voix douce
Och den vita kaninen talade med lugn röst

« Votre Majesté doit contre-interroger ce témoin »
"Ers Majestät måste korsförhöra detta vittne"

« Eh bien, s'il le faut, il le faut, » dit le roi
»Ja, om jag måste, så måste jag», sade konungen

« De quoi sont faites les tartes ? »
"Vad är tårtor gjorda av?"

**« Les tartes sont faites de poivre, principalement », a déclaré
le cuisinier**
"Tårtor är gjorda av peppar, för det mesta", sa kocken

**Pendant quelques minutes, toute la cour fut dans la
confusion**
Under några minuter var hela domstolen i förvirring

Finalement, ils se sont tous calmés
Till slut lugnade de alla ner sig igen

Mais à ce moment-là, le cuisinier avait disparu
Men då var kocken försvunnen

« N'importe ! » dit le roi
»Det gör detsamma!» sade konungen

« Appel à la barre du prochain témoin »
"Kalla nästa vittne till vittnet"

Alice regarda le lapin blanc qui tâtonnait sur la liste
Alice tittade på den vita kaninen när han fumlade över listan

**Vous pouvez imaginer sa surprise à ce qu'elle a entendu
ensuite**
Du kan föreställa dig hennes förvåning över vad hon fick höra
härnäst
à tue-tête de sa petite voix aiguë, il appela le nom « Alice ! »
med sin gälla lilla röst ropade han namnet "Alice!"

Le témoignage d'Alice
Alices vittnesmål

« Ici ! » s'écria Alice
»Här!» ropade Alice

Elle se leva d'un bond en toute hâte
Hon hoppade upp i stor hast

et elle renversa le banc des jurés
och hon välte omkull jurybåset

et elle renversa tous les jurés
Och hon knuffade omkull alla nämndemännen

et ils tombèrent sur la tête de la foule en bas
Och de föllo ned på folkhopens huvuden nedanför

Alice était dans un grand désarroi
Alice var mycket bestört

« Oh ! je vous demande pardon ! » s'écria-t-elle
»Åh, jag ber om ursäkt!» utbrast hon

« Le procès ne peut pas avoir lieu », dit le roi
»Rättegången kan icke fortsätta», sade konungen

« Les jurés doivent retourner à leur place »
"Jurymännen måste komma tillbaka till sina rätta platser"

Il répéta l'ordre avec beaucoup d'emphase
Han upprepade ordern med stort eftertryck

et il regarda Alice d'un air sévère
och han såg strängt på Alice

« Que savez-vous de ces événements ? » demanda le roi à Alice
"Vad vet du om de här händelserna?" frågade kungen Alice

— Je ne sais rien à ce sujet, dit Alice
»Jag vet ingenting om saken», sade Alice

Le roi lut ensuite un extrait de son livre
Kungen läste sedan ur sin bok

« Règle quarante-deux »
"Regel fyrtiotvå"

« Toutes les personnes de plus d'un kilomètre de haut doivent quitter le tribunal »
"Alla personer som är mer än en mil höga ska lämna gården"

« Je ne suis pas à un mille de haut, » dit Alice

»Jag är inte en mil hög», sade Alice
« Près de deux milles de haut », dit la reine
»Nästan två mil högt», sade drottningen

— **Eh bien, je refuse d'y aller, dit Alice**
"Jag vägrar att gå", sa Alice
Le roi pâlit
Kungen bleknade
et il ferma précipitamment son carnet
Och han slog hastigt igen sin anteckningsbok
« Considérez votre verdict », a-t-il dit au jury
"Tänk på er dom", sa han till juryn
Il parlait d'une voix basse et tremblante
Han talade med låg, darrande röst
Puis le lapin blanc prit la parole
Då talade den vita kaninen
« Il y a encore plus de preuves à venir »
"Det finns fler bevis att komma ännu"
et il se leva d'un bond en toute hâte
Och han hoppade upp i stor hast

« Ce papier vient d'être retiré »
"Det här pappret har precis plockats upp"
« On dirait que c'est une lettre écrite par le prisonnier »
"Det verkar vara ett brev skrivet av fången"
Il déplia le papier tout en parlant
Han vecklade ut papperet medan han talade
« Ce n'est pas une lettre, après tout »
"Det är ju inte ett brev"
« Ce que c'était, c'était un ensemble de versets »
"Det var en uppsättning verser"
« S'il vous plaît, Votre Majesté », dit le coquin
»Snälla, ers majestät», sade knekten
« Je n'ai pas écrit ces vers »
"Jag skrev inte de där verserna"
« et ils ne peuvent pas prouver que j'ai écrit quoi que ce
soit »
"och de kan inte bevisa att jag skrev något"
« Il n'y a pas de nom signé à la fin »
"Det finns inget namn undertecknat i slutet"
Le roi parla au fripon
Konungen talade till knekten
« Vous avez dû vouloir causer des méfaits »
"Du måste ha haft för avsikt att ställa till med något ofog"
« Sinon, tu aurais signé ton nom comme un honnête
homme »
"Annars skulle du ha skrivit ditt namn som en ärlig man"
Il y eut un claquement général de mains
Det hördes en allmän handklappning
Et le roi se tourna vers le lapin blanc
Och kungen vände sig till den vita kaninen
« Lisez les vers », ordonna-t-il
"Läs verserna", beordrade han
Il y eut un silence de mort dans la cour
Det var dödstyst i rättssalen
et le lapin blanc lut les versets
och den vita kaninen läste upp verserna
Ils m'ont dit que vous étiez allé chez elle

De sa att du hade varit hos henne
Et ils lui parlèrent de moi
Och de nämnde mig för honom
Elle m'a donné un bon caractère
Hon gav mig en bra karaktär
Mais elle a dit que je ne savais pas nager
Men hon sa att jag inte kunde simma
Il leur a fait savoir que je n'étais pas parti
Han sände dem bud om att jag inte hade gått
Nous savons que c'est vrai
Vi vet att det är sant
Si elle poussait l'affaire, que deviendriez-vous ?
Om hon skulle driva frågan vidare, vad skulle det då bli av dig?
Je lui en ai donné un, ils lui en ont donné deux
Jag gav henne en, de gav honom två
Vous nous en avez donné trois ou plus
Du gav oss tre eller fler
Ils sont tous revenus de sa part vers vous
De har alla vänt tillbaka från honom till dig
bien qu'ils aient été les miens avant
trots att de var mina förut
Si j'avais la chance d'être
Om jag eller hon skulle råka bli det
Si j'étais impliqué dans cette affaire
Om jag eller hon var inblandad i den här affären
Il compte en vous pour les libérer
Han litar på att du ska befria dem
Exactement comme nous étions
Precis som vi var
Mon idée, c'est que vous aviez été
Min föreställning var att du hade varit
Avant qu'elle n'ait cette crise
Innan fick hon det här anfallet
Un obstacle qui s'est dressé entre
Ett hinder som kom emellan
Lui, et nous-mêmes, et cela

Honom, och oss själva, och det
Ne lui faites pas savoir qu'elle les aimait mieux
Låt honom inte veta att hon gillade dem bäst
Car cela doit être à jamais un secret, caché à tous les autres
Ty detta måste för alltid vara en hemlighet, hemlig för allt det andra
Ce secret doit rester un secret entre vous et moi
Denna hemlighet måste förbli en hemlighet mellan dig och mig
Le roi était très impressionné
Kungen var mycket imponerad
« C'est la preuve la plus importante que nous ayons entendue jusqu'à présent »
"Det är det viktigaste beviset vi har hört hittills"
— Je ne crois pas que ces vers aient un atome de sens, objecta Alice
"Jag tror inte att de där verserna har en atom av mening", invände Alice
le roi avait sa propre opinion sur la question
Kungen hade sin egen åsikt i frågan
« S'il n'y a pas de sens dans ces mots, cela sauve un monde de problèmes »
"Om det inte finns någon mening med de orden, sparar det en värld av problem"
« Alors nous n'avons pas besoin d'essayer de trouver le sens »
"Då behöver vi inte försöka hitta meningen"
« Laissons le jury délibérer sur son verdict »
"Låt juryn överväga sin dom"
« Non, non ! » dit la reine
»Nej, nej!» sade drottningen
« La condamnation d'abord, le verdict ensuite »
"Dom först – dom sedan"
« Des bêtises et des bêtises ! » dit Alice à haute voix
"Struntprat!" sa Alice högt
« Comme il est stupide de condamner l'accusé en premier ! »
"Hur dumt är det inte att döma den tilltalade först!"

« Tais-toi ! » dit la reine en devenant violette
»Håll tyst!» sade drottningen och blev purpurröd
« Je ne me tairai pas ! » dit Alice
"Jag tänker inte tiga!" sa Alice
cria la reine à tue-tête
skrek drottningen så högt hon kunde
« Coupez-lui la tête ! »
"Hugg av hennes huvud!"
Personne n'a fait un mouvement
Ingen gjorde en rörelse
« Qui se soucie de ce que vous dites ? » dit Alice
"Vem bryr sig om vad du säger?" sa Alice
Elle avait atteint sa taille maximale à ce moment-là
Hon hade vuxit till sin fulla storlek vid det här laget
« Tu n'es rien d'autre qu'un jeu de cartes ! »
"Du är inget annat än en kortlek!"
À ces mots, toutes les cartes se levèrent dans les airs
Då flög alla korten upp i luften
et toutes les cartes s'abattaient sur elle
och alla korten flögo ned över henne

Elle poussa un petit cri

Hon gav till ett litet skrik

Elle était à moitié effrayée, mais aussi en colère

Hon var halvt rädd, men också arg

Et elle a essayé de se battre contre les cartes

Och hon försökte kämpa bort korten från sig själv

puis elle se retrouva allongée sur le talus d'herbe

Och så fann hon sig själv liggande på gräsvallen

Sa tête était sur les genoux de sa sœur

Hennes huvud låg i knät på hennes syster

Des feuilles mortes s'étaient posées sur son visage

Några döda löv hade landat på hennes ansikte

et sa sœur balayait doucement les feuilles

och hennes syster borstade försiktigt bort löven

« Réveille-toi, ma chère Alice ! » dit sa sœur

»Vakna, kära Alice!» sade hennes syster

« Quel long sommeil tu as eu ! »

"Vilken lång sömn du har haft!"

« Oh, j'ai fait un rêve si curieux ! » dit Alice

"Åh, jag har haft en så underlig dröm!" sa Alice

Et elle raconta à sa sœur tout ce qu'elle pouvait se rappeler

Och hon berättade för sin syster allt hon kunde komma ihåg

toutes les étranges aventures que vous venez de lire

alla märkliga äventyr som du just har läst om

Alice se leva et s'enfuit en courant

Alice reste sig och sprang iväg

et elle pensait, tout en courant, à son rêve

Och medan hon sprang tänkte hon på sin dröm

« Quel rêve merveilleux cela avait été ! »

"Vilken underbar dröm det hade varit!"

www.ingramcontent.com/pod-product-compliance
Lightning Source LLC
Chambersburg PA
CBHW011047190726
48290CB00011B/3049